專為華人設計的印尼語教材

自學印尼語
看完這本就能說！

U0072019

全MP3一次下載

9786269546695

此為ZIP壓縮檔，請先安裝解壓縮程式或APP
iOS系統請升級至iOS13後再行下載，此為大型檔案
建議使用WIFI連線下載，以免占用流量，並確認連線狀況，以利下載順暢
。

影音多媒體輔助學發音
英文字彙擬音、中文擬音提示
零基礎也能輕鬆學印尼語！

01　印尼語發音變得好簡單

第一次學印尼語便能輕鬆的掌握發音

　　印尼語零基礎者也不擔心。發音部分除了印尼語發音的說明之外，在母音、子音的單元，皆有 MP3 發音示範，每課發音中的單字發音順序為由上往下先念讀左邊欄，然後再念讀右邊欄。

　　此外，更有真人發音唇型示範圖可以參考（可透過掃瞄 QR 圖，連接至敝社 Youtube 頻道觀看），如此雙管齊下，印尼語發音不用怕再學不會。

02　印尼語初級文法也學會

初級印尼語的文法結構馬上有概念

　　文法單元的部分將印尼語的基本詞性做一個說明，並可以學到印尼語句型構句、否定句及人稱等的使用方法。

量詞是來表示人、事物或動作的

印尼語常用

量詞	用法
secangkir	「杯」（咖啡）
segelas	「杯」（飲料）
sepiring	「盤」（用盤裝的）
semangkuk	「碗」（用碗裝的）
sebuah	「個」（事物）
seekor	「隻」（動物）
sebiji	「顆」（水果）
sekuntum	「朵」（花）

03 | 各種必用的印尼語單字

初學階段，這些單字就能滿足你的需求

食、衣、住、行、育、樂、各種知識、文化及兩國特色的相關基礎單字一應俱全。將不用擔心準備開啟會話時，腦中的詞彙量不足。

印尼語	中文諧音	中文意思
satu	沙度	一
dua	度哇	二
tiga	迪尬	三
empat	惡母巴	四
lima	立馬	五
enam	惡那木	六
jiuh	度九	七

04 | 各種狀況必用的小短句

融會貫通這些小短句，迅速培養出會話的實力

特別選用 26 個情緒狀況下，大體上會用到的小短句。透過這些小短句逐句的累積，便能完成超強的溝通能力。

tidak 否 不、否；通常放在動詞或是形容詞前面表否定語氣。
bagaimana 疑 怎麼、如何；反義疑問詞。
mungkin 副 可能、也許

sangat 副 很；通常放在形容詞前面做修飾。

05 | 場景式生活會話

學好這一段，準備開始跟印尼語人聊天交際

❶ 情境會話

精選 38 個生活場景適用的情境會話，都是生活中最實際常用的，例如：寒暄介紹、談論時間、天氣、愛好、家庭、用餐、購物、工作、娛樂等等，在與印尼人的日常生活中肯定會用到的會話應有盡有！

❷ 單字與文法

單字及文法補充齊全，學會話變得好簡單。

其他 | 關於本書中的發音提醒標示

正式的印尼的字母結構與英文完全相同，只有「A(a)」到「Z(z)」這26個羅馬字母，不會有類似歐洲外語中 â, ê, á, é, ... 等字特殊母存在。而在印尼語裡，字元「e」的發音有兩種：

① 是偏向「ㄟ（A）」的發音。 ② 是偏向「ㄜ（呃）」的發音。

這兩者因於發音規則中，沒有太過明確的規則可言，致使學習者在記憶印尼語時，往往不容易背下正確發音。為了解決此一窘境，本書中特別將發音偏向①「ㄟ（A）」的母音，在上面加上一條斜線變成「é」的方式呈現。再次提醒，這條斜線是幫助了解發音的識別記號，正式書寫印尼文時，沒有斜線的才正確。

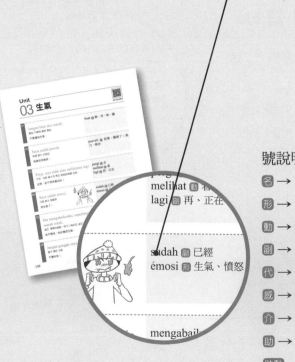

【4 句型課】及【5 會話課】的符號說明：

名 → 名詞	數 → 序數詞
形 → 形容詞	連 → 連接詞
動 → 動詞	量 → 量詞
副 → 副詞	語 → 語助詞
代 → 代名詞	詞組 → 詞組
感 → 感嘆詞	句型 → 句型
介 → 介系詞	語助詞 → 語助詞
助 → 助詞	後綴詞 → 後綴詞
助動 → 助動詞	

CONTENTS 目錄

1 **發音課** · 最簡單的印尼語發音

2 **文法課** · 最常用的文法和構句

3 **單字課** · 最常用的分類單字

CONTENTS 目錄

4 句型課・最口語的日常短句

5 | 會話課 · 最實用的日常會話

CONTENTS 目錄

1

發音課
最簡單的印尼語的發音

掃瞄此 QR 圖便可觀看完整的印尼語發音示範教學

教學影片 01　01-01.MP3

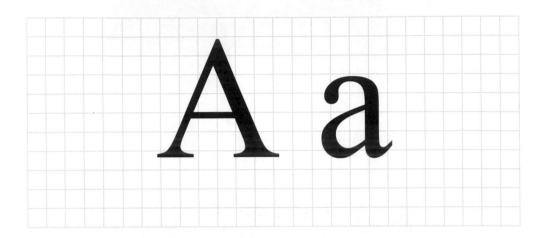

$$A\ a$$

Step 1 看影片學發音

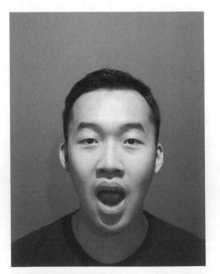

請看光碟中發音影片，看著印尼語老師的嘴巴一起練習說！

發音技巧

發音與中文的「啊」相同。

Step 2 用漢字擬音、英文助陣，快學發音

書寫	A
漢字擬音	啊（短音）
英文擬音	an

Step 3 讀單字，練習發音

什麼	apa
中文諧音	阿爸

新	baru
中文諧音	把如

孩子	anak
中文諧音	阿那格

豬	babi
中文諧音	芭比

我	aku
中文諧音	阿姑

眼睛	mata
中文諧音	馬達

爸爸	ayah
中文諧音	啊呀

熱	panas
中文諧音	巴那斯

雞	ayam
中文諧音	啊呀目

水	air
中文諧音	啊一兒

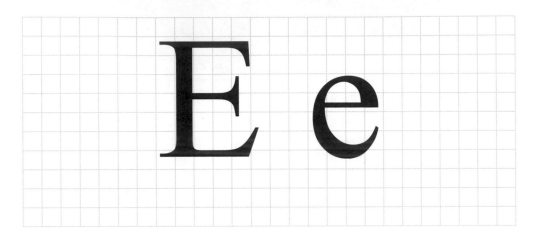

E e

Step 1 **看影片學發音**

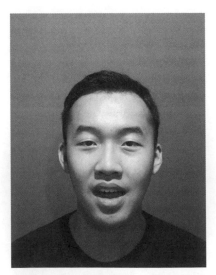

請看光碟中發音影片，看著印尼語老師的嘴巴一起練習說！

發音技巧

　　E 有兩種發音。一個是與注音的「ㄝ」相同。另外一個與注音的「ㄜ」相同。

Step 2 用漢字擬音、英文助陣，快學發音

書寫	E
漢字擬音	ㄝ／ㄜ
英文擬音	A/e

請問 該怎麼分什麼時候唸「ㄝ」什麼時候唸「ㄜ」呢？

回答 沒有一個確切的規則可以分辨。建議多聽印尼語，靠習慣成自然來學會。
（書中的 E (e) 頭上有標示斜線如 É (é) 時，代表為「ㄝ」的唸法，沒有標示時為「ㄜ」的唸法。）

Step 3 讀單字，練習發音

好吃	énak
中文諧音	ㄝ那格

四	empat
中文諧音	俄母巴得

水桶	émber
中文諧音	ㄝ目被兒

六	enam
中文諧音	ㄜ那幕

自私	égois
中文諧音	ㄝ勾一斯

鷹	elang
中文諧音	惡狼

桌子	méja
中文諧音	沒家

多少、幾個？	berapa
中文諧音	ㄅ拉巴

（編註：正式書寫時只有「e」，但為了區別發音本書採用「é」表示「ㄝ」的發音）

13

教學影片 03　01-03.MP3

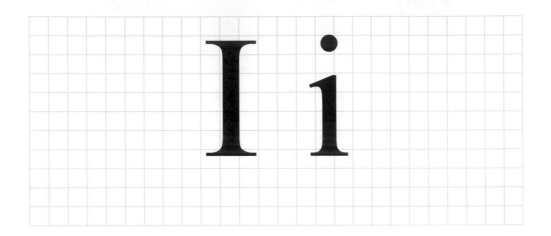

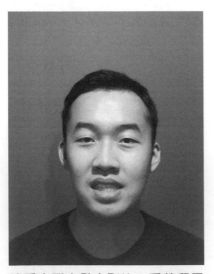

發音與中文的「一」相同。

請看光碟中發音影片，看著印尼語老師的嘴巴一起練習說！

Step 2 用漢字擬音、英文助陣，快學發音

書寫	I
漢字擬音	一
英文擬音	yee

Step 3 讀單字，練習發音

這、這個	ini
中文諧音	一尼

中午	siang
中文諧音	西印

那、那個	itu
中文諧音	依杜

正在；再	lagi
中文諧音	拉給

媽媽	ibu
中文諧音	一步

（包括講話的對象）我們	kita
中文諧音	給大

魚	ikan
中文諧音	一看

（不包括講話的對象）我們	kami
中文諧音	尬米

美麗	indah
中文諧音	印大

牙齒	gigi
中文諧音	給給

O o

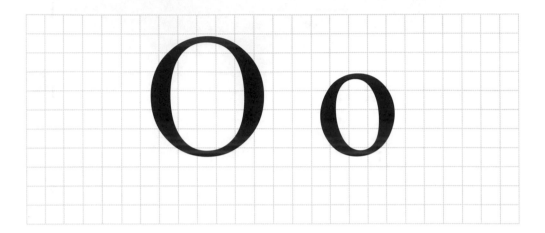

Step 1　看影片學發音

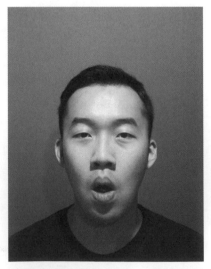

請看光碟中發音影片，看著印尼
語老師的嘴巴一起練習說！

發音技巧

發音與注音的「ㄡ」相同。

Step 2 **用漢字擬音、英文助陣，快學發音**

書寫	o
漢字擬音	ㄡ
英文擬音	o

Step 3 **讀單字，練習發音** Ｐ

人	orang
中文諧音	喔浪

藥	obat
中文諧音	喔吧德

腦子	otak
中文諧音	喔大格

運動	olahraga
中文諧音	喔拉拉尬

牙膏	odol
中文諧音	喔都了

電話	télépon
中文諧音	得累波恩

甜甜圈	donat
中文諧音	都那德

瓦斯爐	kompor
中文諧音	工波爾

猴子	monyet
中文諧音	末耶德

汽車	mobil
中文諧音	末比如

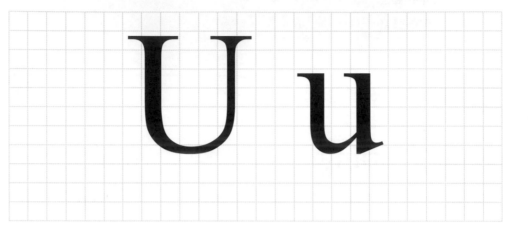

U u

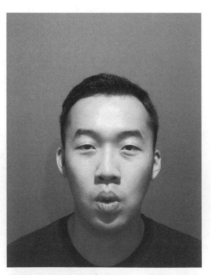

請看光碟中發音影片,看著印尼語老師的嘴巴一起練習說!

發音技巧

發音與注音的「ㄨ」相同。

Step 2 用漢字擬音、英文助陣,快學發音

書寫	U
漢字擬音	屋
英文擬音	woo

Step 3 讀單字,練習發音

錢	**uang**
中文諧音	無忘

便宜	**murah**
中文諧音	木啦

年紀	**usia**
中文諧音	無西亞

字典	**kamus**
中文諧音	尬目斯

蛇	**ular**
中文諧音	無啦爾

掃把	**sapu**
中文諧音	灑不

蝦	**udang**
中文諧音	無當

然後;過去	**lalu**
中文諧音	啦路

空氣	**udara**
中文諧音	無大啦

年紀	**umur**
中文諧音	無木兒

Unit

02 複合母音

教學影片 06　01-06.MP3

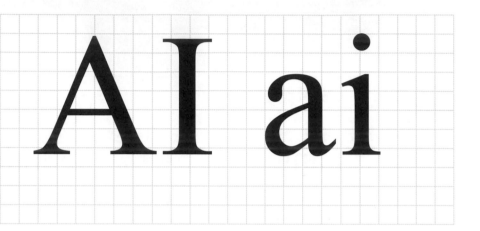

AI ai

Step 1　看影片學發音

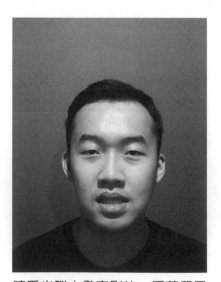

請看光碟中發音影片，看著印尼
語老師的嘴巴一起練習說！

發音與中文的「愛」相同。

Step 2 用漢字擬音、英文助陣，快學發音

書寫	ai
漢字擬音	愛
英文擬音	aye

提示 複合母音就是兩個母音一起念的母音。 a 與 i 不能念「啊一」而要一口氣唸出「愛」的音。

Step 3 讀單字，練習發音

穿、用	**pakai**
中文諧音	八蓋

輕鬆	**santai**
中文諧音	三帶

聰明	**pandai**
中文諧音	辦帶

電池	**baterai**
中文諧音	八德來

熱鬧	**ramai**
中文諧音	啦賣

暴風雨	**badai**
中文諧音	爸帶

海邊	**pantai**
中文諧音	班代

天使	**malaikat**
中文諧音	馬來尬德

辣椒	**cabai**
中文諧音	雜拜

嗨；你好	**hai**
中文諧音	嗨

21

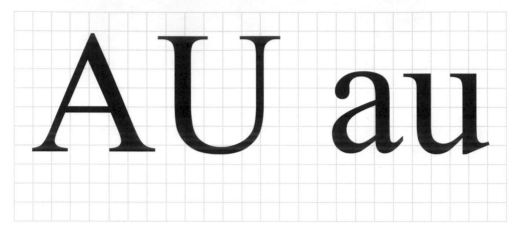

AU au

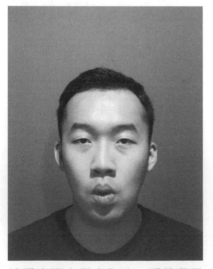

請看光碟中發音影片，看著印尼
語老師的嘴巴一起練習說！

發音技巧

發音像中文的「凹」相同。

Step 2 用漢字擬音、英文助陣,快學發音

書寫	au
漢字擬音	凹
英文擬音	ow

提示 a 與 u 不可以分開來唸,也要一氣呵成快速唸過,出「凹嗚」的音。
(複合母音是單音節,不要以雙音節的方法來唸)

Step 3 讀單字,練習發音

還是	**atau**
中文諧音	阿到

發亮	**berkilau**
中文諧音	波兒給老

你	**dikau**
中文諧音	迪搞

綠色	**hijau**
中文諧音	黑角

水牛	**kerbau**
中文諧音	哥爾包

閃、刺眼	**silau**
中文諧音	細老

湖	**danau**
中文諧音	達腦

擔心	**risau**
中文諧音	李掃

如果	**kalau**
中文諧音	尬老

島	**pulau**
中文諧音	不老

23

教學影片 08　01-08.MP3

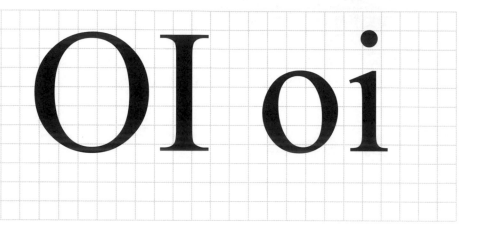

OI oi

Step 1 看影片學發音

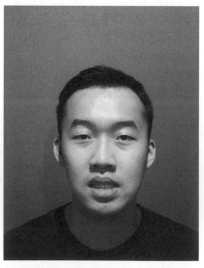

請看光碟中發音影片，看著印尼語老師的嘴巴一起練習說！

發音技巧

　發音像中文的「喔」加「一」變成「喔一」。

Step 2 用漢字擬音、英文助陣，快學發音

書寫	oi
漢字擬音	喔一
英文擬音	oi

提示 o 跟 i 必須合在一起一氣呵成地唸出「喔一」的音，注意唸快時「喔」的發音很輕。（複合母音是單音節，不要以雙音節的方法來唸。發音時，輕輕帶過「喔」，重音在「一」）

Step 3 讀單字，練習發音

男人婆	**tomboi**
中文諧音	洞伯一

微風	**sepoi-sepoi**
中文諧音	色伯一 - 色伯一

牛仔	**koboi**
中文諧音	口伯一

癱軟	**létoi**
中文諧音	累都一

哇；哇噻	**amboi**
中文諧音	阿母伯一

喂、欸	**oi**
中文諧音	喔一

護航	**konvoi**
中文諧音	工佛一

抵制	**boikot**
中文諧音	伯一勾德

教學影片 09　01-09.MP3

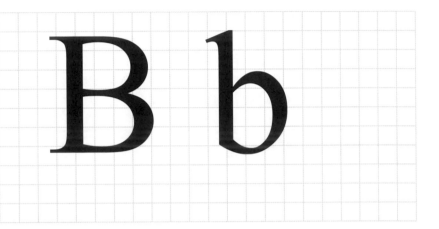

Step 1　看影片學發音

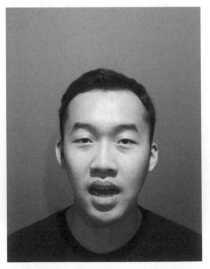

請看光碟中發音影片，看著印尼
語老師的嘴巴一起練習說！

發音技巧

　　發音與中文的「北」亦相似，
但請注意，請參考影片發濁音 b，
且省略「北」後面隱約聽到的
「一」聲。

Step 2 用漢字擬音、英文助陣，快學發音

書寫	B
漢字擬音	北
英文擬音	bay

提示 「B」與「P」聽起來有點相似，但差別在於，「B」是濁音，如同英語的「B」；而「P」則是清音（不送氣音），與中文的「北」為諧音。

Step 3 讀單字，練習發音

P

大	besar
中文諧音	伯薩兒

消息	kabar
中文諧音	尬巴兒

衣服	baju
中文諧音	八九

阿拉伯	arab
中文諧音	阿拉布

會、能	bisa
中文諧音	比薩

耐心	sabar
中文諧音	薩巴兒

地球	bumi
中文諧音	不米

濕	basah
中文諧音	八撒

身體	badan
中文諧音	八但

重	berat
中文諧音	伯拉圖

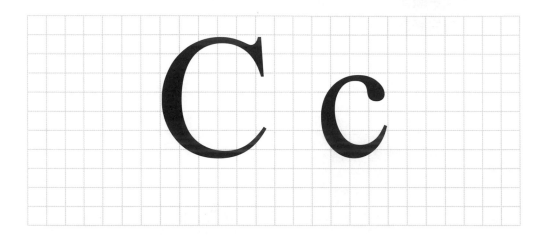

Step 1 看影片學發音

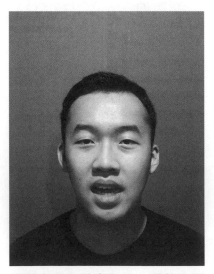

請看光碟中發音影片，看著印尼語老師的嘴巴一起練習說！

發音技巧

發音與中文的「街」相似，請注意，請省略掉「街」注音裡「ㄧ」的發音。

Step 2 用漢字擬音、英文助陣,快學發音

書寫	C
漢字擬音	ㄗㄟ
英文擬音	ce

Step 3 讀單字,練習發音

辣椒	cabai
中文諧音	札白

鏡子	kaca
中文諧音	尬札

漂亮	cantik
中文諧音	戰迪格

閱讀	baca
中文諧音	八札

辦法	cara
中文諧音	札啦

尋找	lacak
中文諧音	拉札格

褲子	celana
中文諧音	遮啦那

三輪車	becak
中文諧音	柏札格

戒指	cincin
中文諧音	金金

老虎	macan
中文諧音	馬站

教學影片 11　　01-11.MP3

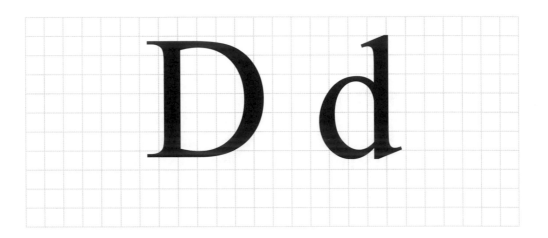

Step 1 看影片學發音

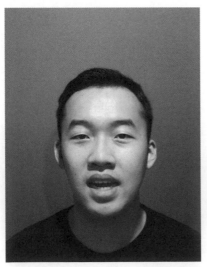

請看光碟中發音影片，看著印尼語老師的嘴巴一起練習說！

發音技巧

　　發音與中文的「爹」相似，請注意，請參考影片，發好濁音的「D」，並省略掉「爹」注音裡「ㄧ」的發音。

Step 2 用漢字擬音、英文助陣，快學發音

書寫	D
漢字擬音	爹
英文擬音	day

Step 3 讀單字，練習發音

從	**dari**
中文諧音	大理

毛巾	**handuk**
中文諧音	韓度格

領帶	**dasi**
中文諧音	大西

身體	**badan**
中文諧音	八蛋

廚房	**dapur**
中文諧音	大布兒

下巴	**dagu**
中文諧音	打鼓

裡面	**dalam**
中文諧音	大啦母

有	**ada**
中文諧音	阿達

額頭	**dahi**
中文諧音	大吉

紙箱	**kardus**
中文諧音	尬兒度斯

教學影片 12　01-12.MP3

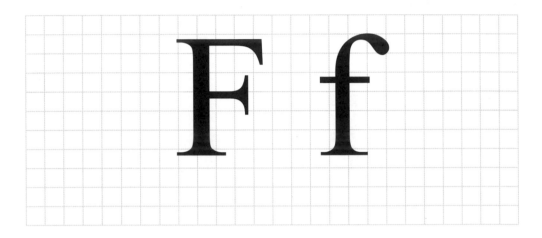

Step 1　看影片學發音

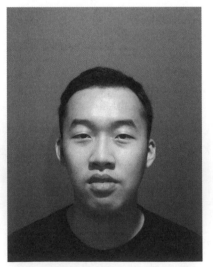

發音技巧

發音與英文的「F」相同。

請看光碟中發音影片，看著印尼語老師的嘴巴一起練習說！

Step 2 用漢字擬音、英文助陣,快學發音

書寫	F
漢字擬音	欸富
英文擬音	ef

Step 3 讀單字,練習發音

照片	**foto**
中文諧音	佛都

對不起	**maaf**
中文諧音	媽阿富

事實	**fakta**
中文諧音	法格打

字母	**huruf**
中文諧音	虎如福

面熟	**familiar**
中文諧音	法米立啊兒

活潑、主動	**aktif**
中文諧音	阿顧弟福

喜愛	**favorit**
中文諧音	法佛里特

被動	**pasif**
中文諧音	巴西富

感冒	**flu**
中文諧音	福錄

正面、正	**positif**
中文諧音	波西迪富

教學影片 13　01-13.MP3

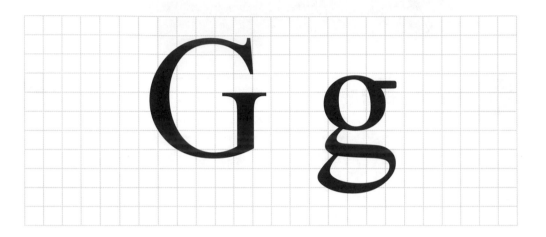

Step 1 看影片學發音

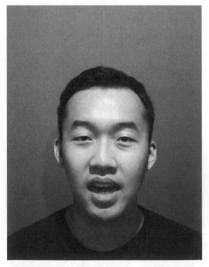

請看光碟中發音影片，看著印尼語老師的嘴巴一起練習說！

發音技巧

　　發音與中文的「給」相似。請注意，請參考影片，發好濁音的「G」，並省略掉「給」注音裡「一」的發音。

^{Step} 2 **用漢字擬音、英文助陣，快學發音**

書寫	G
漢字擬音	給
英文擬音	ge

^{Step} 3 **讀單字，練習發音** Ⓟ

圖片	gambar
中文諧音	尬母巴如

早上	pagi
中文諧音	爸給

簡單	gampang
中文諧音	尬目邦

瓦斯	gas
中文諧音	尬是

大象	gajah
中文諧音	尬家

掛	ganti
中文諧音	感迪

薪水	gaji
中文諧音	尬雞

可愛	gemas
中文諧音	哥馬斯

女孩	gadis
中文諧音	尬迪思

胖	gemuk
中文諧音	葛木

Unit
03 單子音

教學影片 14　01-14.MP3

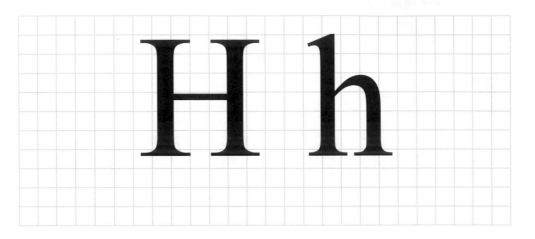

H h

Step 1 看影片學發音

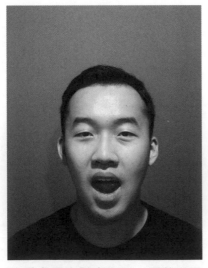

請看光碟中發音影片，看著印尼
語老師的嘴巴一起練習說！

發音技巧

　　發音與中文的「哈」相同。
請注意，當 h 出現在詞尾的時候，
請參考影發出未帶韻母的「h」
聲。換句話說，就是「buah」不要
發生「bua」、「anéh」不要發成
「ané」的音。

36

Step 2 用漢字擬音、英文助陣，快學發音

書寫	H
漢字擬音	哈
英文擬音	ha

Step 3 讀單字，練習發音

日、日子	**hari**
中文諧音	哈里

水果	**buah**
中文諧音	不阿

鬼	**hantu**
中文諧音	汗度

肩膀	**bahu**
中文諧音	八虎

院子；頁	**halaman**
中文諧音	哈拉曼

知道	**tahu**
中文諧音	大虎

淡	**hambar**
中文諧音	哈木吧兒

奇怪	**anéh**
中文諧音	阿內

清真	**halal**
中文諧音	哈拉了

方向	**arah**
中文諧音	阿拉

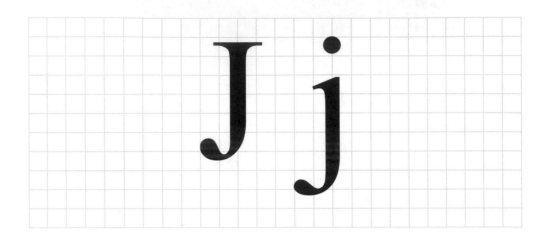

Step 1 看影片學發音

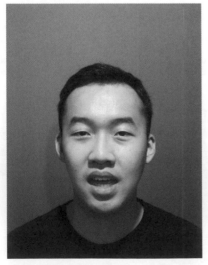

發音技巧

　　發音與注音的「ㄘㄟ」相同。發音與英文的「J」、中文的「街」相似。請注意，請參考影片發好濁音的「J」，並省略「街」注音裡中間「一」的發音。

請看光碟中發音影片，看著印尼語老師的嘴巴一起練習說！

Step 2 用漢字擬音、英文助陣，快學發音

書寫	J
漢字擬音	街
英文擬音	jay

Step 3 讀單字，練習發音

時間；時鐘	**jam**
中文諧音	加木

老實	**jujur**
中文諧音	就就兒

路	**jalan**
中文諧音	家藍

追	**kejar**
中文諧音	個雜兒

外套	**jakét**
中文諧音	家給的

學；讀書	**belajar**
中文諧音	個家母

遠	**jauh**
中文諧音	雜無

而已；只	**saja**
中文諧音	灑家

雅加達	**Jakarta**
中文諧音	加尬兒大

香菇	**jamur**
中文諧音	加木耳

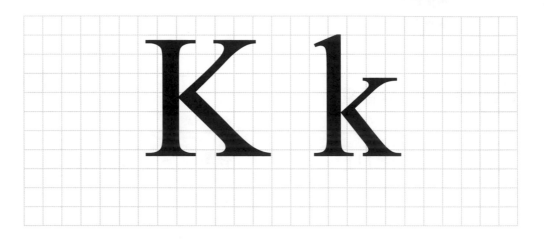

Step 1 看影片學發音

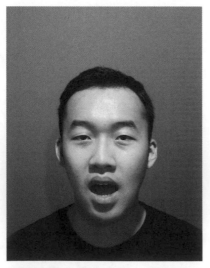

請看光碟中發音影片,看著印尼語老師的嘴巴一起練習說!

發音技巧

　　發音與中文的「尬」相同,請注意,當 k 置於詞尾時,請參考影片發好促音。例:Telunjuk 不要發生 telunju、masak 不要發生 masa 的發音。

Step 2 **用漢字擬音、英文助陣,快學發音**

書寫	K
漢字擬音	尬
英文擬音	(英式發音)car

Step 3 **讀單字,練習發音**

腳	kaki
中文諧音	尬給

食指	telunjuk
中文諧音	德倫九個

椅子	kursi
中文諧音	鼓兒西

煮	masak
中文諧音	馬薩個

房間	kamar
中文諧音	尬嘛兒

柳丁、橘子	jeruk
中文諧音	這路個

少、不太	kurang
中文諧音	鼓讓

醫生	dokter
中文諧音	都個德兒

時候	ketika
中文諧音	個地尬

肉圓、肉丸	bakso
中文諧音	個搜

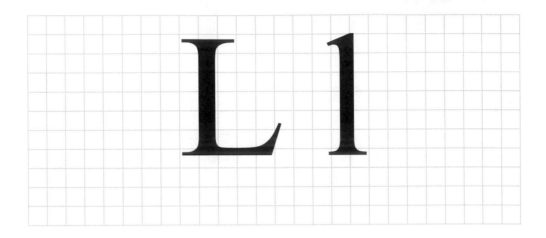

L l

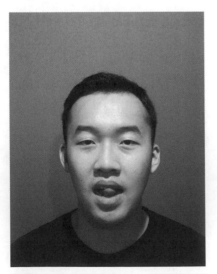

發音與英文的「L」相似。

請看光碟中發音影片，看著印尼
語老師的嘴巴一起練習說！

Step 2 用漢字擬音、英文助陣，快學發音

書寫	L
漢字擬音	誒樂
英文擬音	L

提示 「L」與「R」聽起來很像。不過「L」不用彈舌，但「R」要彈舌。

Step 3 讀單字，練習發音

看	lihat
中文諧音	李哈德

可以	boléh
中文諧音	波累

寬	lébar
中文諧音	累巴兒

棉被	selimut
中文諧音	色力木的

嫩、柔軟	lembut
中文諧音	了木不德

枕頭	bantal
中文諧音	半大了

多；更加	lebih
中文諧音	樂比

冰箱	kulkas
中文諧音	股了尬斯

燈	lampu
中文諧音	藍不

杯子	gelas
中文諧音	格拉斯

教學影片 18　01-18.MP3

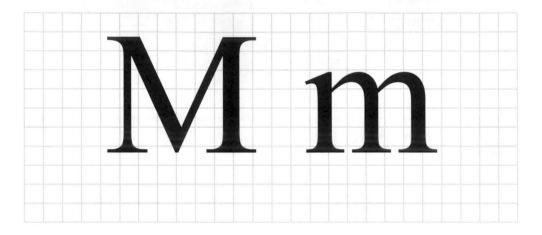

Step 1 看影片學發音

請看光碟中發音影片，看著印尼
語老師的嘴巴一起練習說！

發音技巧

發音與英文的「M」相同。

Step 2 用漢字擬音、英文助陣，快學發音

書寫	M
漢字擬音	欸目
英文擬音	em

Step 3 讀單字，練習發音

吃	makan
中文諧音	馬感

喝	minum
中文諧音	米怒目

玫瑰花	mawar
中文諧音	馬瓦兒

罵； 生氣	marah
中文諧音	馬拉

洗澡	mandi
中文諧音	慢迪

安靜	diam
中文諧音	迪阿目

廁所、 浴室	kamar mandi
中文諧音	卡馬兒 滿地

不客氣	sama-sama
中文諧音	薩瑪 薩瑪

家	rumah
中文諧音	路馬

紅	mérah
中文諧音	沒拉

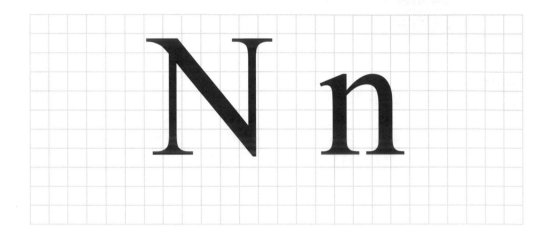

N n

Step 1 看影片學發音

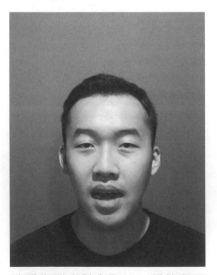

發音與英文的「N」相同。

請看光碟中發音影片，看著印尼語老師的嘴巴一起練習說！

46

Step 2 用漢字擬音、英文助陣,快學發音

書寫	N
漢字擬音	誒恩
英文擬音	(美式發音)Anne

Step 3 讀單字,練習發音

名字	**nama**
中文諧音	那馬

朋友	**teman**
中文諧音	的慢

鳳梨	**nanas**
中文諧音	那那斯

榴槤	**durian**
中文諧音	獨立安

飯	**nasi**
中文諧音	拿西

紅毛丹	**rambutan**
中文諧音	拉木不但

奶奶、老太太	**nének**
中文諧音	內內格

經理	**manajer**
中文諧音	馬拿杰兒

鳳梨酥	**kué nastar**
中文諧音	股為 那斯塔兒

幫忙	**bantu**
中文諧音	辦度

教學影片 20　01-20.MP3

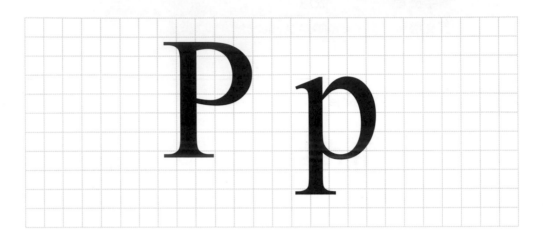

P p

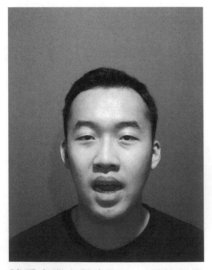

請看光碟中發音影片，看著印尼語老師的嘴巴一起練習說！

發音技巧

　　發音與中文的「杯」相似，請注意，請參考影片，並省略掉「杯」後面的隱約聽到「一」的發音。

Step 2 用漢字擬音、英文助陣,快學發音

書寫	P
漢字擬音	ㄅㄟ
英文擬音	pe

提示 「B」與「P」聽起來有點相似,但差別在於,「B」是濁音,如同英語的「B」;而「P」則是清音(不送氣音),與中文的「北」為諧音。

Step 3 讀單字,練習發音

P

去	**pergi**
中文諧音	伯爾給

牛	**sapi**
中文諧音	撒幣

門	**pintu**
中文諧音	賓度

頭	**kepala**
中文諧音	哥吧拉

騙子	**penipu**
中文諧音	伯妳不

椰子	**kelapa**
中文諧音	格拉巴

海邊	**pantai**
中文諧音	辦帶

騙	**tipu**
中文諧音	迪布

誰	**siapa**
中文諧音	西阿怕

爸爸;先生	**bapak**
中文諧音	吧格

49

教學影片 21　01-21.MP3

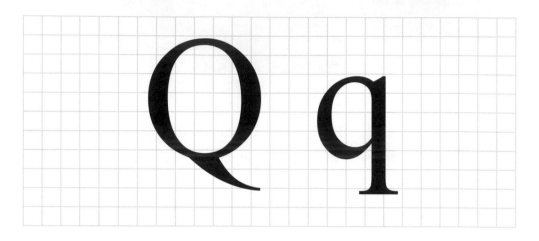

Q q

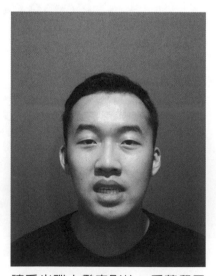

請看光碟中發音影片，看著印尼語老師的嘴巴一起練習說！

發音技巧

　　發音與英語「key」相似。請注音，不要發成送氣音，需以「給」的聲音發音。

用漢字擬音、英文助陣，快學發音

書寫	Q
漢字擬音	給
英文擬音	key

讀單字，練習發音 P

古蘭經	Al-Quran
中文諧音	阿-鼓安

卡達	Qatar
中文諧音	尬達爾

男性古蘭經誦讀專家	qari
中文諧音	嘎瑞

女性古蘭經誦讀專家	qariah
中文諧音	嘎瑞啊

教學影片 22　01-22.MP3

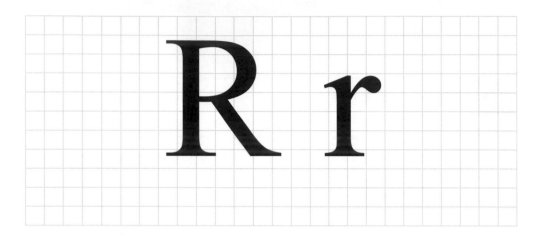

Step 1　看影片學發音

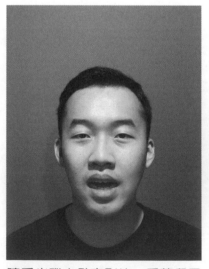

請看光碟中發音影片，看著印尼語老師的嘴巴一起練習說！

發音技巧

　　發音與注音的「ㄦ」相似。印尼語的R是彈舌音，請將舌頭輕輕搭上硬顎，輕輕吹氣，使舌頭自然地上下彈動。初學者可以借用英語r 的發音代替，但別忘了參考發音影片學會發對音哦！

Step **2** 用漢字擬音、英文助陣，快學發音

書寫	R
漢字擬音	誒爾
英文擬音	err

（提示）「R」的發音與「L」的發音很像，但是發「R」音時，必須彈舌。

Step **3** 讀單字，練習發音

味道	**rasa**
中文諧音	拉沙

烤	**bakar**
中文諧音	巴嘎爾

星期三	**rabu**
中文諧音	拉布

耐心	**sabar**
中文諧音	薩巴爾

壞	**rusak**
中文諧音	如薩個

付錢	**bayar**
中文諧音	拔牙兒

熱鬧	**ramai**
中文諧音	拉埋

對	**benar**
中文諧音	本拿兒

市場	**pasar**
中文諧音	巴薩爾

東西	**barang**
中文諧音	八讓

03 單子音

教學影片 23　01-23.MP3

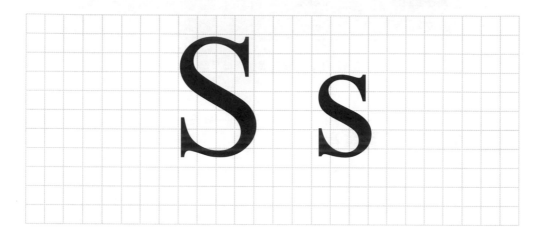

S s

Step 1 看影片學發音

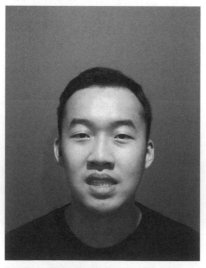

請看光碟中發音影片，看著印尼語老師的嘴巴一起練習說！

發音技巧

　　發音與注音的「ㄟㄙ」相似。亦同英語的「s」。

Step 2 用漢字擬音、英文助陣，快學發音

書寫	S
漢字擬音	ㄟㄙ
英文擬音	s

Step 3 讀單字，練習發音

喜歡	suka
中文諧音	蘇嘎

床墊	kasur
中文諧音	嘎書爾

到	sampai
中文諧音	颯母白

老闆	bos
中文諧音	波斯

垃圾	sampah
中文諧音	颯木八

麻	kebas
中文諧音	個吧斯

肥皂	sabun
中文諧音	颯布恩

鹹	asin
中文諧音	阿辛

甜	manis
中文諧音	馬尼斯

酸	asam
中文諧音	阿颯姆

教學影片 24　01-24.MP3

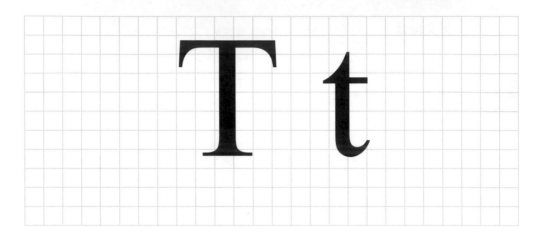

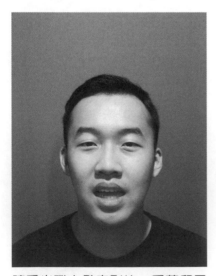

請看光碟中發音影片，看著印尼語老師的嘴巴一起練習說！

發音技巧

　　發音與注音的「ㄉㄟ」相同。發音與中文「我『得』走了」的「得」相似。發音時請參考影片，省略「得」後面隱約存在的 i 尾音。

Step 2 **用漢字擬音、英文助陣,快學發音**

書寫	T
漢字擬音	得
英文擬音	te

Step 3 **讀單字,練習發音**

剛剛	**tadi**
中文諧音	大地

按摩	**pijat**
中文諧音	比家的

睡覺	**tidur**
中文諧音	迪度兒

好朋友	**sahabat**
中文諧音	沙哈八牠

公園	**taman**
中文諧音	大慢

文化	**adat**
中文諧音	阿達特

茶	**téh**
中文諧音	(我「得」走了的)得

強	**kuat**
中文諧音	鼓阿德

客人	**tamu**
中文諧音	他木

一點點	**sedikit**
中文諧音	色迪給特

Unit
03 單子音

教學影片 25　01-25.MP3

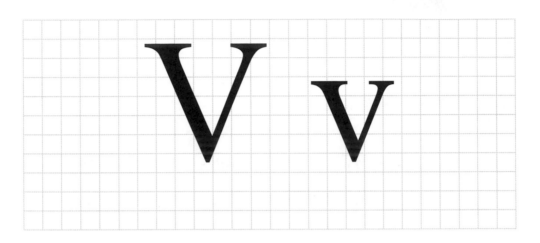

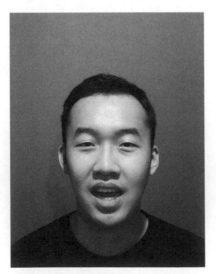

Step 1 看影片學發音

發音技巧

　　發音與中文的「飛」相同。注意後面的「i」發音很輕。

請看光碟中發音影片，看著印尼語老師的嘴巴一起練習說！

Step 2 用漢字擬音、英文助陣,快學發音

書寫	V
漢字擬音	飛
英文擬音	fave

Step 3 讀單字,練習發音

花瓶	**vas**
中文諧音	法師

香草	**vanila**
中文諧音	法尼拉

各式各樣	**variasi**
中文諧音	法利亞西

情人節	**valentin**
中文諧音	法冷定

疫苗	**vaksin**
中文諧音	發哥新

病毒	**virus**
中文諧音	飛路斯

外匯	**valas**
中文諧音	發拉斯

排球	**voli**
中文諧音	佛里

素食者	**végétarian**
中文諧音	飛個大禮安

判決	**vonis**
中文諧音	佛你斯

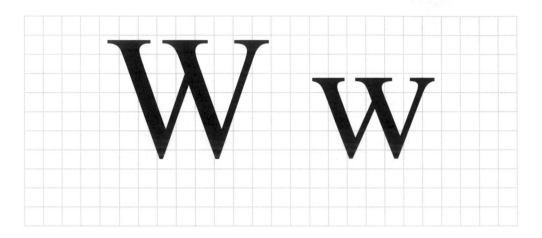

Step 1　**看影片學發音**

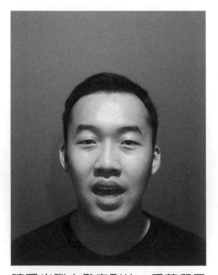

請看光碟中發音影片，看著印尼語老師的嘴巴一起練習說！

發音技巧

　　發音與中文「飛」相似。請注意，發音時請參考影片，省略「威」尾端隱約存在的 i 尾音。

Step 2 用漢字擬音、英文助陣,快學發音

書寫	W
漢字擬音	威
英文擬音	way

Step 3 讀單字,練習發音

香	**wangi**
中文諧音	望宜

日程	**jadwal**
中文諧音	雜度哇勒

臉	**wajah**
中文諧音	哇雜

下面	**bawah**
中文諧音	吧哇

小店	**warung**
中文諧音	哇容

蒜	**bawang**
中文諧音	八王

旅行	**wisata**
中文諧音	威沙他

旅客	**wisatawan**
中文諧音	威沙大碗

商人	**wiraswasta**
中文諧音	威啦書哇沙大

雖然	**walaupun**
中文諧音	哇老不恩

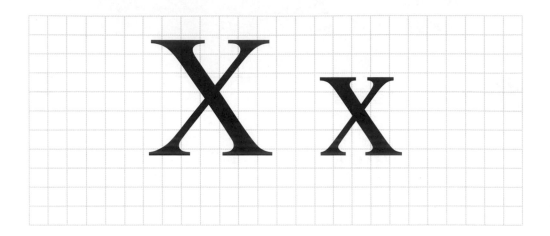

Step 1 看影片學發音

請看光碟中發音影片，看著印尼
語老師的嘴巴一起練習說！

發音技巧

發音與英文的「X」相同。

Step 2 用漢字擬音、英文助陣，快學發音

書寫	X
漢字擬音	欸格斯
英文擬音	ex

Step 3 讀單字，練習發音

X光	**X-ray**
中文諧音	欸可是累

外國人恐懼症	**xenofobia**
中文諧音	誰諾佛比亞

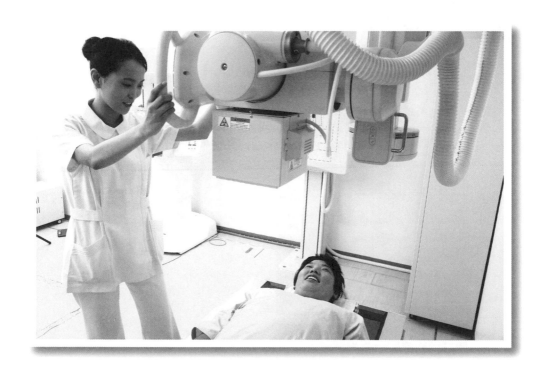

教學影片 28　01-28.MP3

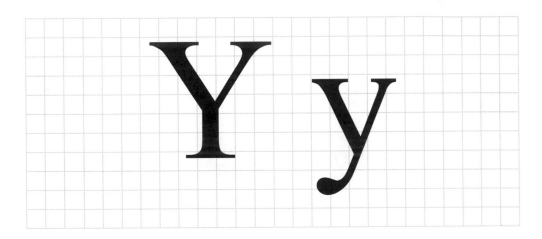

Step 1　看影片學發音

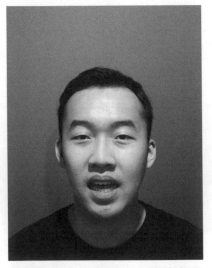

發音技巧

發音與中文的「耶」相同。

請看光碟中發音影片，看著印尼
語老師的嘴巴一起練習說！

Step 2 **用漢字擬音、英文助陣，快學發音**

書寫	Y
漢字擬音	耶
英文擬音	ye

Step 3 **讀單字，練習發音**

對；嗯	ya
中文諧音	呀

姿勢	gaya
中文諧音	尬呀

耶穌	Yesus
中文諧音	耶穌士

員工	karyawan
中文諧音	卡里亞丸

孤兒	yatim piatu
中文諧音	呀迪目 比呀圖

菜	sayur
中文諧音	沙游兒

溜溜球	yoyo
中文諧音	唷唷

空心菜	bayam
中文諧音	八呀目

走吧	yuk
中文諧音	有個

對	iya
中文諧音	一呀

教學影片 29　01-29.MP3

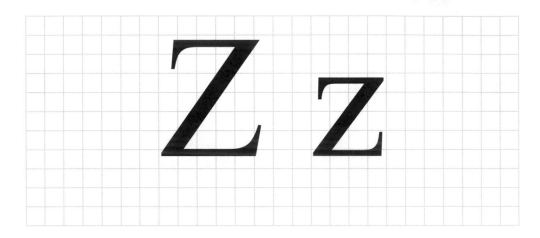

Step 1 看影片學發音

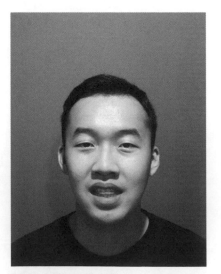

發音技巧

發音與英文字母的「z」相同，與中文「賊的」相近。

請看光碟中發音影片，看著印尼語老師的嘴巴一起練習說！

Step 2 **用漢字擬音、英文助陣,快學發音**

書寫	z
漢字擬音	賊的
英文擬音	z

Step 3 **讀單字,練習發音**

時代	zaman
中文諧音	雜慢

星座	zodiak
中文諧音	走迪亞

物質	zat
中文諧音	雜的

好吃	lezat
中文諧音	樂雜的

KH kh

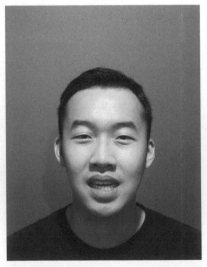

請看光碟中發音影片，看著印尼
語老師的嘴巴一起練習說！

發音技巧

　　發音與中文「合」相似。請注
意，發音時請參考影片，「kh」為
輕軟顎擦音，不要發成印尼語的
「k」或「h」音的。

^{Step} 2 用漢字擬音、英文助陣，快學發音

書寫	kh
漢字擬音	合
英文擬音	huh, kuh

^{Step} 3 讀單字，練習發音

擔心 khawatir

中文諧音　哈哇迪如

典型 khas

中文諧音　哈斯

特別的 khusus

中文諧音　呼蘇士

Unit
04 複合子音

教學影片 31　01-31.MP3

NG ng

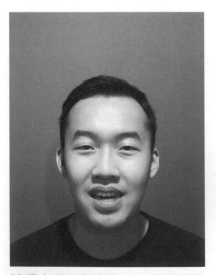

發音技巧

　　發音與中文的「嗯」相似。請注意，發音時請參考影片，正確發出軟顎鼻音「ng」（參考中文「冷、仍、朋」的韻母）。

請看光碟中發音影片，看著印尼語老師的嘴巴一起練習說！

70

Step 2 用漢字擬音、英文助陣，快學發音

書寫	ng
漢字擬音	嗯
英文擬音	ng

提示 唸「ng」時需要帶有一點鼻音。

Step 3 讀單字，練習發音

P

可能	**mungkin**
中文諧音	夢個音

開心	**senang**
中文諧音	色囊

芒果	**mangga**
中文諧音	忙尬

蟲	**cacing**
中文諧音	雜經

賽車	**ngebut**
中文諧音	餓不得

沒、不	**nggak**
中文諧音	嗯尬

錢	**uang**
中文諧音	無望

肉	**daging**
中文諧音	達經

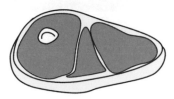

07 複合子音

教學影片 32　01-32.MP3

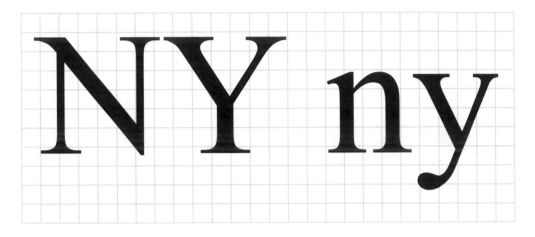

NY ny

Step 1 看影片學發音

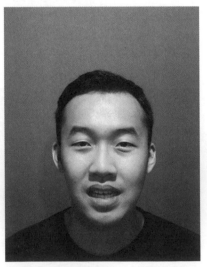

發音技巧

　　發音與中文的「尼一」相似。請注意，發音時請參考影片，正確發出硬顎鼻音「ny」。

請看光碟中發音影片，看著印尼語老師的嘴巴一起練習說！

Step 2 **用漢字擬音、英文助陣,快學發音**

書寫	ny
漢字擬音	尼一
英文擬音	ñi

提示 依後面連接的母音不同而分為 nya, nyo, nyu 三種發音。

Step 3 **讀單字,練習發音** P

舒服	nyaman
中文諧音	尼亞曼

蚊子	nyamuk
中文諧音	尼亞姆

小姐	nyonya
中文諧音	你喲尼亞

問	tanya
中文諧音	但呀

教學影片 33　01-33.MP3

SY sy

Step 1 看影片學發音

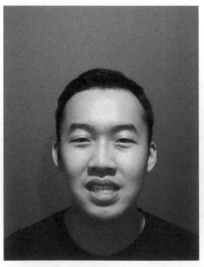

請看光碟中發音影片，看著印尼語老師的嘴巴一起練習說！

發音技巧

　　發音與中文的「西」或「師一」相似。請注意，發音時請參考影片，正確發出清顎齦擦音「sy」。

用漢字擬音、英文助陣,快學發音

書寫	sy
漢字擬音	西／師一
英文擬音	she

提示 依後面連接的母音不同而分為 sya, syo, syu 三種發音。

讀單字,練習發音 **P**

社會	masyarakat
中文諧音	馬蝦啦尬

規約	syarat
中文諧音	蝦啦

感恩	syukur
中文諧音	修鼓

議論	musyawarah
中文諧音	母蝦哇啦

休克	syok
中文諧音	修哥

詩詞	syair
中文諧音	蝦一兒

國王	syah
中文諧音	蝦

圍巾	syal
中文諧音	蝦勒

2

文法課
最常用的文法和句型

1 基礎文法

Unit
01 基礎文法

　　印尼語並不是一種難學的語言。因為印尼文的字母與英文的字母完全一樣，所以字母並不難記，雖然發音上有一點點的差異，但印尼語的發音與文法又不像英文那麼複雜。印尼語也不用依性別、時態、或單複數去改變動詞、名詞、形容詞或冠詞，所以印尼語要打基礎真的不是難事。

1-1. 人稱代名詞

　　人稱代名詞是代替人稱的詞。

　　人稱代名詞分成三類，分別是第一人稱代名詞、第二人稱代名詞跟第三人稱代名詞。印尼語的人稱代名詞不會很複雜，不會因為性別有所改變。但會因為社會地位、相互關係因素而有所不同。

印尼語常用人稱代名詞

詞類	第一人稱	第二人稱	第三人稱
單數	我： • saya（謙稱） • aku • gua／gue（口語化／熟的朋友之間）	您：Anda 你： • kamu • engkau, dikau, kau • lu／loe（口語化／熟的朋友之間）	那位： • beliau（尊稱） • dia（他、她、它）
複數	我們： • kami（不含聽者） • kita（含聽者）	你們：kalian 各位：Anda sekalian	他們：mereka

　　印尼語也常常使用 Mas、Mbak、Dek、Bapak、Ibu 等比較親切的人稱。就像台灣人常常叫帥哥、美女、小姐等。例：

　　Mas：稱呼年輕的男性

Mbak：稱呼年輕的女性

Dek：稱呼比我們小的男女性。弟弟、妹妹

Bapak：稱呼年紀比較大的男性（與英文的 Mr. 相似）

Ibu：稱呼年紀比較大的女性（與英文的 Ms. 相似）

1-2.量詞

量詞是來表示人、事物或動作的數量單位的詞。

印尼語常用量詞

量詞	用法	範例
secangkir	「杯」（咖啡）	**secangkir** kopi 一杯咖啡
segelas	「杯」（飲料）	**segelas** air 一杯水
sepiring	「盤」（用盤裝的）	**sepiring** nasi 一盤飯
semangkuk	「碗」（用碗裝的）	**semangkuk** sup 一碗湯
sebuah	「個」（事物）	**sebuah** kisah 一個故事
seekor	「隻」（動物）	**seekor** anjing 一隻狗
sebiji	「顆」（水果）	**sebiji** apel 一顆蘋果
sekuntum	「朵」（花）	**sekuntum** bunga 一朵花
setumpuk	「堆」（紙、衣服）	**setumpuk** baju 一堆衣服
selembar	「張」（紙）	**selembar** kertas 一張紙
sehelai	「根」（頭髮）	**sehelai** rambut 一根頭髮
sebatang	「株、棵」（植物、樹）	**sebatang** pohon 一棵樹
seorang	「位」（人）	**seorang** guru 一位老師
sepasang	「雙」「對」（成對的物品；鞋子、襪子）	**sepasang** sepatu 一雙鞋子
sebutir	「顆」「粒」（小物品、米、飯）	**sebutir** beras 一粒米
sepatah	「句」、「段」（句子、話）	**sepatah** kata 一句話
setetes	「滴」（水）	**setetes** air 一滴水

1-3.連接詞

連接詞是用來連單字、短句、或句子等文法單位的詞。

印尼語常用連接詞

類型	例舉
因果關係連接詞	karena（由於）、oleh sebab itu（因此）、akibat（…的；結果）、gara-gara（因…而導致）、jadi（因為…所以…）、sehingga（因為…而…）、akhirnya（結果、總算）
轉折關係連接詞	tetapi（但是）、tapi（可是；tetapi 的口語化）、namun（然而）、meskipun（雖然…）、bagaimanapun（無論如何）、padahal（儘管）
時間關係連接詞	ketika（…的時候）、semenjak（自從）、setelah（…之後）、sebelum（之前）、selama（在…時間內）、sambil（…的同時）、sementara（一時之間）、begitu（一…就…）、pada（在…）、pada saat itu（當時）、sampai（到…為止）、kemudian（接下來）、lalu（然後）
目的關係連接詞	untuk（為了…、讓、給）、bagi（對於…來說）、demi（為了）
方法關係連接詞	melalui（透過；＝through）、lewat（通過、經過；＝via）
添加關係連接詞	selain itu（除了…，還、還有）、apalagi（而且）、di samping itu（另外、還有）、bahkan（甚至）、lagipula（再說）、lagian（再說；lagipula 的口語化）

1-4.副詞

副詞是一類用來修飾動詞或加強（修飾）單字、短句或整個句子的詞。

印尼語常用副詞

副詞	中文	例如	意思
sekali *置於形容詞後面來做修飾	很	dia cantik **sekali**	她很美
sangat *置於形容詞前面來做修飾	非常	dia **sangat** pintar	她非常聰明

副詞	中文	例如	意思
banget *置於形容詞後面來做修飾	非常（口語化）	dia ganteng **banget**	他非常帥
terlalu *置於形容詞前面來做修飾	太	dia **terlalu** kurus	她太瘦
paling *置於形容詞前面來做修飾	最	dia **paling** tinggi di kelas kami	他在我們班是最高的

1-5.數詞

數詞是用來表示數目和次序先後的詞。

 1. 基數詞

基數詞是表示數目的詞。

nol 0	satu 1	dua 2
tiga 3	empat 4	lima 5
enam 6	tujuh 7	delapan 8
sembilan 9	sepuluh 10	sebelas 11
seratus 100		seribu 1000

12至19 =（2至9）+ belas

例：

12 = dua + belas = dua belas

15 = lima + belas = lima belas

19 = sembilan + belas = sembilan belas

敘述十一到十九裡十位數「前面的十」時，印尼語必須使用「belas」；而從二十開始，敘述十位數「後面的十」時，則必須使用以「puluh」表示。只要掌握好了十位數的「puluh」之後，二十以上數字的表現法則與中文相同。另外，百位數是「ratus」、千位數是「ribu」，整理如下：

puluh 十	ratus 百	ribu 千

＊se 有「一」的意思。所以十（一個十）會念 sepuluh、「一百」念 seratus、「一千」念 seribu。其他的直接在基本數字後加十、百、千就可以了。

例：20 = dua puluh
　　　　二　十

　40 = empat puluh
　　　　四　　十

　57 = lima puluh tujuh
　　　　二　十　　七

　93 = sembilan puluh tiga
　　　　九　　　十　　三

　123 = seratus dua puluh tiga
　　　　一百　二　十　三

　490 = empat ratus sembilan puluh
　　　　四　百　　九　　　十

　1350 = seribu tiga ratus lima puluh
　　　　一千　三　百　五　十

　2018 = dua ribu delapan belas
　　　　兩　千　　八　　十

＊請記住印尼語的…belas（十）是「十…」的意思，所以 delapan belas 是「18」不是「80」。

　10.000 = sepuluh ribu
　　　　　十　　千

＊puluh ribu 是「一萬」的意思。

　23.000 = dua puluh tiga ribu
　　　　　兩　十　三　千　　　＝兩萬三

82

65.500 = enam puluh lima ribu lima ratus

六　十　五　千　五　百　　＝六萬五千五百

2. 序數詞

　　序數詞是表示順序的數詞。印尼語的序數詞很簡單。只有「第一」有不一樣的念法。其他的只要把「ke-」+數字就可以了。例：

pertama：第一　　　kedua：第二　　　ketiga：第三　　　keempat：第四

1-6.句子的語順

　　印尼語的基礎語順與英文的語順相似，為「主詞＋動詞＋受詞」。

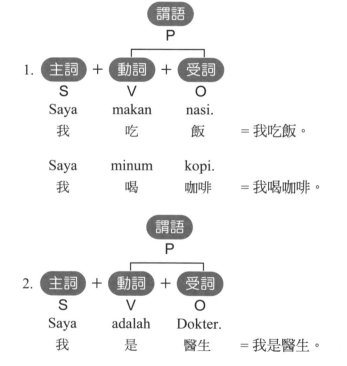

謂語
P

1. 主詞 ＋ 動詞 ＋ 受詞
   S　　　V　　　O
   Saya　makan　nasi.
   我　　吃　　飯　　　＝我吃飯。

   Saya　minum　kopi.
   我　　喝　　咖啡　　＝我喝咖啡。

謂語
P

2. 主詞 ＋ 動詞 ＋ 受詞
   S　　　V　　　O
   Saya　adalah　Dokter.
   我　　是　　醫生　　＝我是醫生。

　　承前例，adalah 通常會被省略。因此基本句型往往會變成如下的：

主詞 ＋ 謂語
S　　　P
Saya　Dokter.
我　　醫生　　＝我是醫生。

1-7.形容詞的語順

一般來說，英文都需要使用 be 動詞，但是印尼語卻不用。通常只要在主詞後直接接上形容詞就可以了。

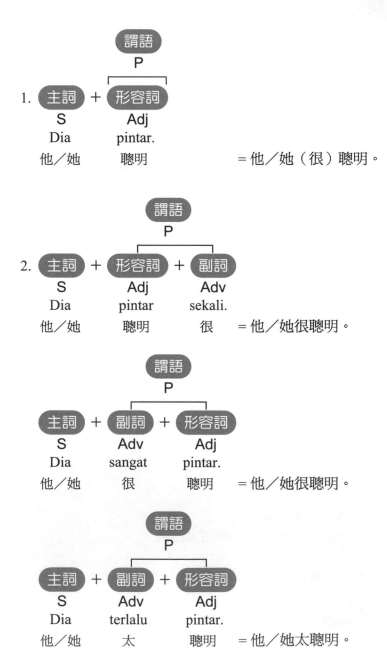

1. 謂語
   P
   主詞 + 形容詞
   S   Adj
   Dia   pintar.
   他／她 聰明   ＝他／她（很）聰明。

2. 謂語
   P
   主詞 + 形容詞 + 副詞
   S   Adj   Adv
   Dia   pintar sekali.
   他／她 聰明   很   ＝他／她很聰明。

   謂語
   P
   主詞 + 副詞 + 形容詞
   S   Adv   Adj
   Dia   sangat pintar.
   他／她 很   聰明   ＝他／她很聰明。

   謂語
   P
   主詞 + 副詞 + 形容詞
   S   Adv   Adj
   Dia   terlalu pintar.
   他／她 太   聰明   ＝他／她太聰明。

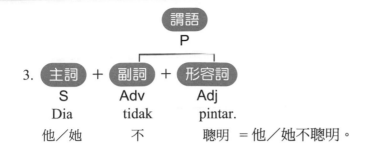

3. **主詞** + **副詞** + **形容詞**
   S   Adv   Adj
   Dia   tidak   pintar.
   他／她   不   聰明 ＝他／她不聰明。

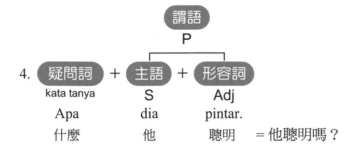

4. **疑問詞** + **主語** + **形容詞**
   kata tanya   S   Adj
   Apa   dia   pintar.
   什麼   他   聰明 ＝他聰明嗎？

1-8.指示詞

　　ini 與 itu 為指示詞，分別為中文的「這、這個」與「那、那個」的意思。印尼語中沒有複數型的指示詞，故不像英文有 these（這些）與 those（那些）的用法。

ini＝this 這個 （這位、這些）
是指「距離比較近的人物或事物」。

itu＝that 那個（那位、那些）
itu 是指「距離比較遠的人物或事物」。

1. **主詞** + **謂語**
   S   P
   Ini   buku.
   這   書   ＝這是書。

   Itu   tas.
   那   包包   ＝那是包包。

2.

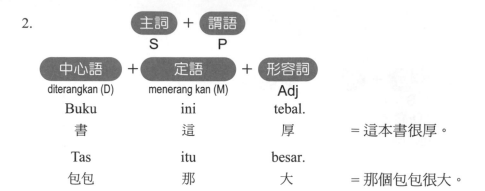

中心語 diterangkan (D)	+	定語 menerang kan (M)	+	形容詞 Adj	
Buku 書		ini 這		tebal. 厚	= 這本書很厚。
Tas 包包		itu 那		besar. 大	= 那個包包很大。

1-9.疑問句

印尼語的疑問句通常皆可置於主詞的前面或後面,並且若在句子結束後加上問號,就變成疑問句了。

1. 主詞 + 疑問句

主詞 S	+	謂語 P	
Ini 這個		apa? 什麼?	= 這是什麼?

2. 疑問句 + 主詞

主詞 S	+	謂語 P	
Apa 什麼		itu. 那個?	= 那是什麼?

1-10.詢問 5W1H

1. 詢問事物

Apa = 什麼(What)

A：Apa　itu?

　　什麼　那　　＝那個是什麼？

B：Ini　buku.

　　這　　書　　＝這是本書。

2. 詢問人

Siapa ＝ 誰（Who）

A：Siapa　itu?

　　誰　　那　　＝那個人是誰？

B：Itu　Budi.

　　那　　布迪　＝那個人是布迪。

3. 詢問時間

Kapan ＝ 什麼時候（When）

A：Kapan　　　itu?

　　什麼時候　　那　　＝那是什麼時候？

B：Dua hari lalu.

　　兩天前。

4. 詢問理由

Mengapa ＝ 為什麼（Why）

Kenapa（口語化）＝ 為什麼（Why）

A：Kenapa　kamu　　sedih?

　　為什麼　　你　　　難過？　＝你為什麼難過？

B：Ayahku　　sakit.

　　我爸爸　　生病　　　　　＝（因為）我爸爸生病了。

5. 詢問場所

mana = 哪裡 Where

di（在）	
ke（去）	＋ mana（哪裡）
dari（從）	

＊ke mana, di mana, dari mana 不論置放句首或句尾時，都可以形容疑問句。

I. di mana = 在哪裡？

A：Di mana kamu sekolah？   =你在哪裡讀書？

    Kamu sekolah di mana？   =你在哪裡讀書？

B：Saya sekolah di Taiwan.   =我在台灣讀書。

II. ke mana = 去哪裡？

A：Ke mana kamu mau pergi?   =你要去哪裡？

    Kamu mau pergi ke mana?   =你要去哪裡？

B：Aku mau pergi ke Bioskop.   =我要去電影院。

III. dari mana = 從哪裡？

A：Dari mana kamu?   =你從哪裡來？

    Kamu dari mana?   =你從哪裡來？

B：Saya dari rumah.   =我從家裡來。

6. 詢問狀態

Bagaimana = 如何、怎麼（How）

A：Bagaimana keadaan ayah kamu?

    如何   情況   爸爸 你？   =你爸爸的情況如何？

B：Sudah membaik.

    已經   變好了   =已經變好了。

1-11.否定語

1. bukan = 不是

I. bukan + 名詞／代名詞

A：Ini kopi, kan? 　　　　　　= 這是咖啡吧？

　*bukan 的縮寫：kan。意思就變口語中的「～吧？」。

B：Ini bukan kopi, ini téh. 　　= 這不是咖啡。這是茶。

　* 可以只回答「bukan」即可。

II. 主詞 + kan = …不是嗎？

A：Kok budi tidak datang? 　　= 布迪怎麼沒有來？

B：Dia kan lagi sakit. 　　　　= 他生病了不是嗎？

1. tidak = 不／沒有…

*engga / gak 是 tidak 的口語化。

I. tidak＋形容詞

Koper ini tidak berat. 　　　　= 這個行李箱不重。

Rambutnya gak panjang. 　　　= 她的頭髮不長。

II. tidak＋動詞（表示平常的習慣）

Aku tidak minum kopi. 　　　　= 我不喝咖啡。

1-12. yang …的

名詞 ＋ yang ＋ 形容詞

Wajah yang cantik 　　　　　= 漂亮的臉蛋

Tas yang besar 　　　　　　　= 大的包包

1-13. 所有格 …的

　　印尼語的主詞不像英文有 I、Me、My 的變化。而是與中文相同，依據單字的位置表現出主詞「我、你、他／她」、所有格「的」、目的語「給…、向…」的意思。

名詞 ＋ 代名詞（所有格）

baju	aku
衣服	我	＝我的衣服

adik	aku
弟弟／妹妹	我	＝我的弟弟／妹妹

　　印尼語的所有格有兩用型態。首先，第一個可以同上內容的直接在名詞後加上人稱代名詞，此時已經有包括所有格的部分。

　　另外一個則是可以把名詞後直接加 「-ku、-mu、-nya」來表示，意義如下表：

第一人稱	第二人稱	第三人稱
-ku	-mu	-nya
名詞 + aku = 我的…	名詞 + kamu = 你的…	名詞 + dia = 他、她、它的…
此表現時 aku 可以省略。在名詞後面直接加「-ku」表示我的。 Ex: bajuku = 我的衣服	此表現時 kamu 可以省略。在名詞後面直接加「-mu」表示你的。 Ex: bajumu = 你的衣服	此表現時 dia 可以省略。在名詞後面直接加「-nya」表示他、她、它的。 Ex: bajunya = 他、她、它的衣服 *-nya 也可以表示「這個…」或「那個…」。 Ex: kuénya terlalu manis = 這個／那個蛋糕太甜。

3

單字課
最常用的分類單字

03-01.MP3

印尼語	中文擬音	中文意思
satu	沙度	一
dua	度哇	二
tiga	迪尬	三
empat	惡母巴	四
lima	立馬	五
enam	惡那木	六
tujuh	度九	七
delapan	得啦辦	八
sembilan	色目筆爛	九
sepuluh	色不路	十
sebelas	色伯拉斯	十一
dua belas	度哇 伯拉斯	十二
tiga belas	迪尬 伯拉斯	十三
dua puluh	度哇 不路	二十
dua puluh satu	度哇 不路 沙度	二十一
dua puluh dua	度哇 不路 度哇	二十二
tiga puluh	迪尬 不路	三十
seratus	色拉度斯	一百
dua ratus	度哇 啦度斯	兩百
seribu	色禮部	一千

印尼語	中文擬音	中文意思
dua ribu	度哇 禮部	兩千
puluh	不路	十
ratus	拉度 拉度斯	百
ribu	禮部	千
puluh ribu	不路 禮部	萬
ratus ribu	拉度斯 禮部	十萬
juta	九大	千萬
puluh juta	不路 九大	億
ratus juta	拉度 九大	十億
pertama	波爾達嗎	第一
kedua	哥度哇	第二
ketiga	哥迪尬	第三
ke…	哥	第…
uang	無塱	錢
uang logam	無塱 羅尬母	硬幣
uang kertas	無塱 哥兒大斯	紙幣
mata uang	馬大 無塱	貨幣
dolar Amerika	豆拉 阿梅里尬	美金
dolar Taiwan	豆拉 台灣	台幣
Euro	魚肉	歐元

03-02.MP3

印尼語	中文擬音	中文意思
dua hari lalu	度哇 哈里 拉路	前天
kemarin	哥馬林	昨天
hari ini	哈里 一尼	今天
bésok	被搜歌	明天
lusa	路沙	後天
malam ini	馬拉姆 一尼	今晚
kemarin malam	哥馬林 馬拉姆	昨天晚上
hari biasa	哈里 格呀薩	平日
akhir pekan	啊黑爾 波甘	週末
hari	哈里	日、天
Senin	色您	禮拜一、星期一
Selasa	色拉沙	禮拜二、星期二
Rabu	拉布	禮拜三、星期三
Kamis	尬米斯	禮拜四、星期四
Jumat	九母阿德	禮拜五、星期五
Sabtu	沙步吐	禮拜六、星期六
Minggu	銘鼓	禮拜天、星期日
Bulan	步爛	月
Januari	雜努啊裡	一月
Februari	非不啊裡	二月

印尼語	中文擬音	中文意思
Maret	馬熱的	三月
April	啊不理路	四月
Méi	沒	五月
Juni	就你	六月
Juli	就裡	七月
Agustus	啊鼓斯度斯	八月
September	誰不得母波爾	九月
Oktober	歐格都波爾	十月
November	諾菲母波爾	十一月
Désémber	德誰母波爾	十二月
subuh	蘇步	早晨
pagi	八給	早上
siang	夕陽	中午
sore	手瑞	下午
malam	馬拉姆	晚上
tengah malam	等啊 馬拉姆	半夜
detik	得低估	秒
menit	麼尼德	分
jam	雜目	小時
tahun	大虎恩	年

03-03.MP3

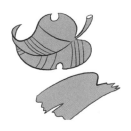

印尼語	中文擬音	中文意思
warna	哇爾哪	顏色
muda	木大	淺色
tua	度哇	深色
terang	德朗	亮色
gelap	哥拉布	暗色
warna-warni	哇爾哪-哇爾你	彩色
putih	不低	白色
hitam	黑大目	黑色
abu-abu	啊部 - 啊部	灰色
abu tua	啊部 度哇	深灰色
abu muda	啊部 木大	淺灰色
coklat	走個拉德	褐色
coklat muda	走個拉德 木大	淺褐色
coklat tua	走個拉德 度啊	深褐色
oranye	喔藍耶	橘色
mérah	美拉	紅色
mérah oranye	美拉 喔藍耶	橘紅色
mérah marun	美拉 馬輪	酒紅色
mérah bata	美拉 巴塔	磚紅色
mérah muda / pink	美拉 木大 / 冰	粉紅色

印尼語	中文擬音	中文意思
biru	筆錄	藍色
biru langit	筆錄 朗一	天藍色
biru dongker	筆錄 動顆	藏青色
biru tua	筆錄 度哇	深藍色
biru muda	筆錄 木大	淺藍色
toska	頭斯卡	藍綠色
hijau	黑早	綠色
hijau mint	黑早 敏	淺藍綠
hijau muda	黑早 木大	淺綠色
hijau tua	黑早 度哇	深綠色
ungu	無鼓	紫色
ungu violét	無鼓 惟有淚	雪青色
ungu muda	無鼓 木大	淺紫色
ungu tua	無鼓 度哇	深紫色
peach	比起	桃子色
kuning	古寧	黃色
khaki	卡其	卡其色
emas	餓馬士	金色
perak	貝拉顆	銀色
gading	尬丁	米色

97

03-04.MP3

印尼語	中文擬音	中文意思
kepala	哥巴拉	頭
rambut	啦不的	頭髮
wajah	哇雜	臉
jidat	機大的	額頭
alis	啊利時	眉毛
mata	馬大	眼睛
bulu mata	布魯 馬大	睫毛
hidung	黑洞	鼻子
mulut	目錄的	嘴巴
bibir	比比兒	嘴唇
pipi	皮皮	臉頰
dagu	大鼓	下巴
telinga	的靈尬	耳朵
gigi	齊齊	牙齒
lidah	李大	舌頭
léhér	累黑爾	脖子
badan	吧淡	身體
bahu	吧虎	肩膀
punggung	噗鼓	背
dada	噠噠	胸部

印尼語	中文擬音	中文意思
perut	波魯的	肚子
pusar	不沙爾	肚臍
pinggang	冰港	腰
pinggul	冰鼓勒	臀部
paha	巴哈	大腿
lutut	路圖的	膝蓋
betis	伯迪士	小腿
kaki	尬期	腳
mata kaki	馬達 卡基	腳踝
jari	雜裡	手指
ibu jari	一步 雜裡	大拇指
telunjuk	德倫組個	食指
jari tengah	雜裡 等尬	中指
jari manis	雜裡 馬尼士	無名指
jari kelingking	雜裡 哥零靜	小拇指
tangan	湯安	手
telapak tangan	的喇叭個 湯安	手掌
kuku	姑姑	指甲
pergelangan tangan	波兒格朗案 當安	手腕
kulit	古利的	皮膚

03-05.MP3

印尼語	中文擬音	中文意思
ayah	啊呀	父親
bapak	爸怕	爸爸
ibu	一步	母親、媽媽
anak	啊那顆	小孩
anak laki-laki	啊那顆 拉吉 拉吉	兒子
anak perempuan	啊那顆 波冷不安	女兒
kakak	卡卡	哥哥、姊姊
abang / kakak laki-laki	阿邦 / 卡卡 拉吉 拉吉	哥哥
kakak perempuan	卡卡 ㄅ熱不安	姊姊
adik	啊迪顆	弟弟、妹妹
adik laki-laki	啊迪顆 拉吉拉吉	弟弟
adik perempuan	啊迪顆 ㄅ熱不安	妹妹
abang ipar	阿邦 一把兒	姊夫
adik ipar	啊迪顆 一把兒	弟媳、弟妹、妹婿、妹夫
kakak ipar	卡卡 一把兒	大嫂
sepupu	社步步	表兄弟姊妹、堂兄弟姊妹
abang sepupu	阿邦 社步步	表哥、堂哥
kakak sepupu	卡卡 社步步	表姐、堂姐
adik sepupu	啊迪顆 社步步	堂弟妹、表弟妹
kakék	卡給	外公、爺爺

印尼語	中文擬音	中文意思
nénék	內內顆	外婆、奶奶
kakék dalam	卡給 達拉	爺爺
nénék dalam	內內顆 達拉	奶奶
kakék luar	卡給 路啊	外公
nénék luar	內內顆 路啊	外婆
cucu	珠珠	孫子
cucu laki-laki	珠珠 拉吉拉吉	男孫
cucu perempuan	珠珠 ㄅ熱不安	女孫
kakék buyut	卡給 不與	曾祖父
nénék buyut	內內顆 不與	曾祖母
cicit	集集	曾孫
cicit laki-laki	集集 拉吉拉吉	曾孫（子）
cicit perempuan	集集 ㄅ熱不安	曾孫女
paman	把慢	叔叔、伯父、舅舅
tante	但的	姑姑、阿姨
keponakan	哥伯那敢	姪子、姪女、外甥、外甥女
keponakan laki-laki	哥伯那敢 拉吉拉吉	姪子、外甥
keponakan perempuan	可怕那敢 ㄅ熱不安	姪女、外甥女
mertua	麼度啊	公公、婆婆、岳父、岳母
menantu	麼難度	媳婦、女婿

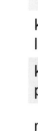

03-06.MP3

印尼語	中文擬音	中文意思
musisi	母嘻嘻	音樂家
aktris	阿姑度歷史	女演員
aktor	阿姑豆兒	男演員
penyanyi	本呀一	歌星
penari	ㄅ哪裡	舞者
atlét	阿杜類的	運動員
dosén	豆森	教授
guru	咕嚕	老師
murid	母裡	學生
mahasiswa	馬哈喜哇	大學生
dokter	豆的R	醫生
perawat	ㄅ拉哇	護士
apotéker	啊伯得可	藥劑師
modél	末得如	模特兒
pilot	比落特	機師
pramugari	ㄅ拉姆咖喱	空姐
pramugara	ㄅ拉姆嘎啦	空少
tentara	等他拉	軍人
polisi	伯嘻嘻	警察
satpam	沙吐八	警衛

印尼語	中文擬音	中文意思
pemandu wisata	ㄅ漫度 無意沙塔	導遊
penerjemah	ㄅ呢這嗎	翻譯員、口譯員
supir	書比	司機
pemadam kebakaran	ㄅ嗎大 哥吧尬籃	消防員
pegawai negeri	ㄅ尬外 呢個裡	公務員
pengusaha	碰無沙哈	商人
pengacara	碰啊雜拉	律師
pelayan	ㄅ拉亞	服務生
desainer	迪沙一呢	設計師
koki	口機	廚師
fotografer	佛頭鼓拉非兒	攝影師
jurnalis	組那理事	文字記者
sekretaris	社課大歷史	秘書
petani	ㄅ達你	農夫
nelayan	呢拉亞	漁夫
arsiték	啊西得庫	建築師
pembawa acara	ㄅ八哇 啊雜拉	主持人
resépsionis	雷誰西嗨尼	櫃檯人員
kasir	尬西	收銀員
penjahit	本雜黑	裁縫師

03-07.MP3

印尼語	中文擬音	中文意思
réstoran	累蘇頭蘭	餐廳
kafé	咖啡	咖啡廳
bar	吧	酒吧
piring	比零	盤子
mangkok	忙口	碗
sendok	深豆	湯匙
garpu	尬如不	叉子
pisau	比少	刀子
sumpit	書比	筷子
menu	麼怒	菜單
kertas tisu	哥了達蘇 迪蘇	棉紙
és batu	欸蘇 八度	冰塊
sedotan	色豆彈	吸管
gelas	哥啦時	杯子
saus sambal	沙烏斯 三拜兒	辣椒醬
saus tomat	沙烏斯 豆馬	番茄醬
cabai	雜拜	辣椒
tusuk gigi	讀書 機機	牙籤
kécap manis	給雜 馬尼時	甜醬油
kécap asin	給雜 阿新	醬油

印尼語	中文擬音	中文意思
garam	尬辣目	鹽巴
merica	每利雜	胡椒
gula	鼓啦	糖
nasi	納西	飯
mie	米	麵
daging	達機	肉
ayam	阿亞目	雞
kambing	尬目賓	羊
sapi	傻逼	牛
babi	吧比	豬
ikan	一乾	魚
udang	無當	蝦
kepiting	哥比丁	螃蟹
cumi-cumi	豬密 豬米	魷魚
seafood	西富	海鮮
sayur	沙魚	菜
telur	的魯	蛋
makanan	馬尬難	食物
minuman	米怒滿	飲料
bon / bill	波 / 比了	帳單

03-08.MP3

印尼語	中文擬音	中文意思
nasi goréng	納西 口仍	炒飯
mie goréng	米 口仍	炒麵
mie kuah	米 菇啊	湯麵
saté	沙得	沙爹
steak	設題課	牛排
bubur	步步兒	粥
kwétiau	鼓味條	麵條
bihun	比婚	米粉
tahu	大虎	豆腐
témpé	特目貝	（印尼美食）天貝、丹貝
burger	不兒哥	漢堡
kentang goréng	根湯 口仍	薯條
kué	骨味	蛋糕
pancake	盤給可	鬆餅
pizza	比雜	披薩
sushi	蘇西	壽司
ramén	拉麵	拉麵
kari	咖喱	咖喱
martabak	馬乳達巴克	（有餡料的）鬆餅
pangsit	幫西	餛飩

印尼語	中文擬音	中文意思
salad	沙拉	沙拉
sosis	壽喜	熱狗
ayam goréng	啊呀目 口仍	炸雞
kuah / sop	瓜 / 宋	湯
bakso	八苦手	肉丸
pai	派	派
kimchi	給目起	泡菜
tomyam	豆呀目	泰式酸辣湯
roti panggang	肉底 胖尬	烤吐司
spagétti	蘇怕給迪	義大利麵
steambot	蘇迪波	火鍋
és krim	欸是 鼓勵	冰淇淋
bakpao	吧包	肉包
iga	一尬	排骨
pisang goréng	比沙 狗仍	炸香蕉
gado-gado	尬豆 尬豆	印尼沙拉
goréng	口仍	炸
bakar	巴卡	烤
panggang	胖尬	烤
kukus	鼓鼓	蒸

03-09.MP3

印尼語	中文擬音	中文意思
alkohol	阿入口後	酒
rum	拉姆	朗姆酒
whiskey	味色忌	威士忌
vodka	否卡	伏特加
gin	金	琴酒
champagne	誰陪呢	香檳
wine	外	紅酒
bir	比如	啤酒
saké	沙給	日本清酒
soju	瘦組	韓國清酒
cocktail	口股得	雞尾酒
martini	馬丁尼	馬丁尼
téh	得	茶
téh manis	得 馬尼士	加糖的茶
téh tawar	得 大哇如	不加糖的茶
téh hitam	得 黑大目	紅茶
téh hijau	得 黑照	綠茶
téh susu	得 舒舒	奶茶
téh tarik	得 大禮K	拉茶
téh bunga	得 不嗯尬	花茶

印尼語	中文擬音	中文意思
kopi	口比	咖啡
kopi hitam	口比 黑大目	黑咖啡
kopi susu	口比 舒舒	咖啡牛奶
susu	舒舒	牛奶
susu coklat	舒舒 抽哥啦	巧克力牛奶
susu kedelai	舒舒 格得來	豆漿
jus	舉	果汁
jus apel	舉 啊伯兒	蘋果汁
jus jeruk	舉 這如克	柳丁汁
jus markisa	舉 馬奇沙	雞蛋果汁
soda	首達	汽水
coca cola	口尬 口啦	可口可樂
pepsi	陪噗西	百事可樂
fanta	飯大	芬達
és buah	欸蘇 布啊	水果冰
air jali	啊一如 雜裡	薏仁
kacang hijau	尬長 黑照	綠豆
és lidah buaya	欸蘇 里達 布啊呀	冰蘆薈飲料
air putih	啊一如 不低	白開水
air lémon	啊一如 累末	檸檬水

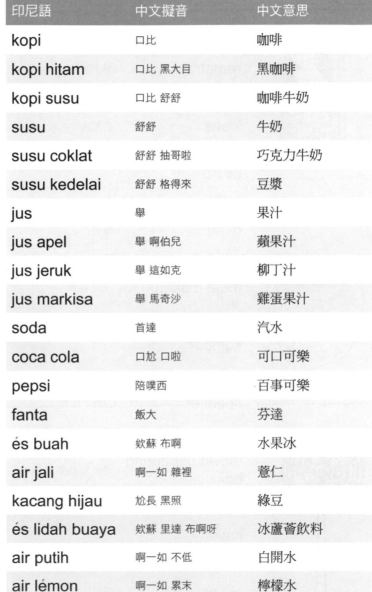

109

03-10.MP3

印尼語	中文擬音	中文意思
televisi	得累服一喜	電視
rémot	累末	遙控器
AC	啊誰	冷氣
kipas	吉帕市	電風扇
mesin cuci piring	麼新 主機 比零	洗碗機
kulkas	鼓尬濕	冰箱
oven	喔分	烤箱
mikrowave	買可肉味福	微波爐
méja makan	沒雜 馬敢	餐桌
wastafel	哇濕大非	洗手台
kompor	口伯	瓦斯爐
gas	尬濕	瓦斯
speaker	拉無色比哥	音響
mesin cuci baju	麼新 主機 八組	洗衣機
mesin pengering baju	麼新 棚餓零 八組	烘衣機
tempat tidur	的吧 迪度兒	床
kasur	尬輪兒	床墊
bantal	辦大	枕頭
guling	孤零	抱枕
selimut	色裡姆特	棉被

印尼語	中文擬音	中文意思
lampu	拉布	燈
lampu belajar	拉布 ㄅ拉雜兒	檯燈
laptop	雷不頭不	筆記本電腦
komputer	空不得	電腦
sofa	手法	沙發
kursi pijat	鼓喜 比炸	按摩椅
kursi goyang	鼓喜 夠樣	搖椅
kursi	真得啦	椅子
jendéla	辦大	窗戶
gordén	狗兒點	窗簾
kését kaki	給色特 尬吉	腳踏墊
sapu	沙步	掃把
pél	陪如	拖把
cermin	這兒民	鏡子
handuk	韓度顆	毛巾
méja	沒雜	桌子
méja rias	沒雜 裡啊士	梳妝台
méja belajar	沒雜 ㄅ拉雜兒	書桌
lemari baju	雷瑪莉 八組	衣櫃
lemari sepatu	雷瑪莉 色八度	鞋櫃

印尼語	中文擬音	中文意思
sapu tangan	沙步 當安	手帕
tusuk gigi	度宿顆 集集	牙籤
sikat gigi	喜尬特 集集	牙刷
odol	喔豆	牙膏
cukuran	組鼓藍	刮鬍刀
tisu	迪書	衛生紙
tisu basah	迪書 吧沙	濕紙巾
sisir	嘻嘻兒	梳子
sabun batang	沙步恩 巴當	肥皂
déterjén	得的兒件	洗衣精
sampo	沙伯	洗髮精
kondisioner	口迪喜喔呢	潤髮乳
sabun	沙步恩	沐浴乳
sabun cuci muka	沙步恩 主機 母尬	洗面乳
sabun cuci tangan	沙步恩 主機 當安	洗手乳
sunblock	三部咯顆	防曬乳
lipstik	裡普色體顆	口紅
lipbalm	裡普巴樂目	護唇膏
parfum	怕福	香水
bedak	貝大顆	蜜粉

印尼語	中文擬音	中文意思
pelembab	ㄅ樂八	乳液
toner	豆呢	化妝水
foundation	否恩得西喔	粉底
blush on	貝拉士歐恩	腮紅
mascara	馬士卡啦	睫毛膏
eye liner	愛 來呢	眼線
kertas minyak	哥大濕 民呀顆	吸油面紙
cukuran alis	組鼓爛 啊里士	修眉刀
masker	馬士哥	面膜；口罩
kapas	尬八士	棉花
cotton bud	卡等 吧特	棉花棒
korék telinga	口雷 的零嘎	棉花棒
penyumbat telinga	本庸ㄅ 的零嘎	耳塞
obat-obatan	喔吧 喔吧彈	藥物
pengharum ruangan	ㄅ哈路 路王安	芳香劑
minyak rambut	米恩呀 啦步特	髮蠟
hairspray	黑兒色陪雷	定型液
karét ikat rambut	尬累 一尬特 啦步特	髮圈
penjepit rambut	本著比 啦步特	髮夾
popok	伯伯顆	尿布
pembalut	陪吧路特	衛生棉

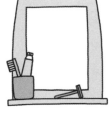

113

03-12.MP3

印尼語	中文擬音	中文意思
sandal	山達	拖鞋
sepatu	色八度	鞋子
sepatu kulit	色八度 鼓勵T	皮鞋
sepatu olahraga	色八度 喔拉拉尬	布鞋
sepatu hak tinggi	色八度 哈 丁起	高跟鞋
sepatu sandal	色八度 山達路	涼鞋
sepatu boot	色八度 步舞	雪靴
kaus kaki	尬舞 尬吉	襪子
tali sepatu	大理 色八度	鞋帶
celana	這拉那	褲子
celana pendek	這拉那 本得	短褲
celana panjang	這拉那 半髒	長褲
rok	咯	裙子
rok pendek	咯 本得	短裙
rok panjang	咯 半髒	長裙
baju	八組	衣服
keméja	哥沒雜	襯衫
t-shirt	迪-絲兒特	T-恤
baju rajut	八組 拉煮	毛衣
jakét	炸給	外套

印尼語	中文擬音	中文意思
jas hujan	加斯 呼讚	雨衣
pakaian dalam	帕凱案 達拉目	內衣
celana dalam	這拉那 達拉目	內褲
baju renang	八組 樂難	泳衣、泳裝
baju tidur	八組 迪度R	睡衣
baju terusan	八組 的路山	洋裝
baju atasan	八組 啊大山	上衣
celana jeans	這拉那 幾呢濕	牛仔褲
topi	頭比	帽子
tali pinggang	大理 冰剛	皮帶
dasi	大西	領帶
kacamata	尬雜馬大	眼鏡
kacamata hitam	尬雜馬大 黑大目	墨鏡
gelang	哥朗	手環
kalung	尬輪	項鍊
anting	安定	耳環
jas	雜士	西裝外套
tank top	得顆 都普	背心
kebaya	哥巴雅	（印尼女性傳統服飾） 可巴雅、娘惹衫
baju batik	八迪顆	（印尼傳統布料服裝） 蠟染衣

Unit
13 國家城市

03-13.MP3

印尼語	中文擬音	中文意思
Indonésia	印豆呢西亞	印尼
Jakarta	家尬如他	雅加達
Surabaya	書啦八呀	泗水
Médan	麼但	棉蘭
Bali	峇里	峇里島
Taiwan	台灣	台灣
Taipéi	台北	台北
China	機那	中國
Jepang	這棒	日本
Tokyo	頭幾油	東京
Koréa Selatan	口雷呀 色啦但	北韓
Koréa Utara	口雷呀 無大啦	南韓、韓國
Seoul	瘦無兒	首爾
Thailand	泰蘭	泰國
Bangkok	幫口	曼谷
Viétnam	飛耶那	越南
Malaysia	馬來西亞	馬來西亞
Filipina	菲力比那	菲律賓
Singapura	新阿布拉	新加波
India	印地呀	印度
Asia	阿西亞	亞洲

印尼語	中文擬音	中文意思
Éropa	欸肉吧	歐洲
Perancis	ㄅ蘭騎士	法國
Paris	琶歷史	巴黎
Belanda	貝蘭達	荷蘭
Brasil	布拉西	巴西
Inggris	印鼓理事	英國
London	蘭豆	倫敦
Italia	義大利呀	義大利
Roma	柔嗎	羅馬
Rusia	如西亞	俄羅斯
Spanyol	穌吧妳喔	西班牙
Amerika Serikat	阿美利卡 色裡卡	美國
New York	牛唷	紐約
Kanada	尬那達	加拿大
Australia	奧蘇特拉利亞	澳洲
Selandia Baru	色蘭迪亞 巴路	紐西蘭
Afrika	阿富利卡	非洲
Afrika Selatan	阿富利卡 色啦但	南非
Portugis	破圖給蘇	葡萄牙

Unit
14 公共場所

印尼語	中文擬音	中文意思
perpustakaan	ㄅ步士大尬安	圖書館
sekolah	社口拉	學校
rumah sakit	路馬 沙吉	醫院
klinik	吉利尼	診所
apoték	啊伯得顆	藥局
pom bénsin	伯 本新	加油站
kantor pos	敢動 伯士	郵局
kebun binatang	哥不 比那當	動物園
taman	大滿	公園
taman bermain	大滿 貝馬音	遊樂園
bioskop	比喔士夠普	電影院
museum	目誰無	博物館
bank	八苦	銀行
hotél	後得	飯店
stasiun keréta api	誰達喜無 哥雷達 阿比	火車站
terminal bus	的米納如 布市	巴士站
bandara	辦大拉	機場
geréja	格雷雜	教堂
vihara	無一哈拉	廟
masjid	馬士吉	清真寺

印尼語	中文擬音	中文意思
plaza	普拉雜	百貨公司、購物中心
mall	末路	百貨公司、購物中心
pusat perbelanjaan	不沙 噴本爛雜安	購物中心
mini market	米妮 馬如給牠	便利商店
supermarket	書貝 馬如給牠	超級市場
kafé	卡非	咖啡廳
warung	哇輪	小吃店
rumah makan	路馬 麻感	餐館
réstoran	類書都爛	餐廳
pasar	巴沙	市場
pasar malam	巴沙 馬拉姆	夜市
toko buku	頭口 不鼓	書店
kolam renang	口拉姆 雷囊	游泳池
kantor imigrasi	感豆如 一米骨拉西	移民局
kantor polisi	感豆如 伯里西	警察局
pantai	辦帶	海邊
salon	沙龍	美髮店
asrama	啊書拉嗎	宿舍
apartemén	啊怕的麵	公寓
galeri seni	尬累利 社尼	藝術館

03-15.MP3

印尼語	中文擬音	中文意思
pesawat	貝沙哇	飛機
pesawat jét	貝沙哇 這一牠	噴射機
jét pribadi	這一牠 不利巴蒂	私人飛機
hélikopter	黑裡口普得	直升機
kapal	尬八路	大船、船艦
perahu	貝拉虎	小船、小艇
sampan	沙木板	獨木舟
kapal pesiar	尬八路 貝西亞	遊艇
perahu karét	貝拉虎 尬累	充氣膠筏
kapal selam	尬八路 社拉姆	潛艇
mobil	末比如	汽車
mobil sédan	末比如 誰擔	小轎車
mobil balap	末比如 吧啦噗	跑車
angkot	昂夠	接駁車
mobil pickup	末比如 比卡	貨車
mobil van	末比如 反	廂型車
mobil ambulans	末比如 安不爛斯	救護車
mobil pemadam kebakaran	末比如 貝馬大目 哥吧 卡藍	消防車
mobil polisi	末比如 伯里西	警察車
mobil jeep	末比如 吉舖	吉普車

印尼語	中文擬音	中文意思
mobil dam	末比如 達目	砂石車
mobil molen	末比如 某類恩	水泥車
mobil limosin	末比如 李某新	加長禮車
mobil pengantin	末比如 碰安定	禮車
mobil jenazah	末比如 著那雜	靈車
bus sekolah	巴士 誰口啦	校車
busway	巴士為	公車
taksi	他可西	計程車
bus	巴士	巴士
bus pariwisata	巴士 巴里回沙達	遊覽車
truk	得路可	卡車
keréta api	哥雷達 阿比	火車
moda raya terpadu	莫達 拉牙 德了八堵	捷運
sepéda	色貝達	腳踏車
sepéda motor	色貝達 某頭如	機車
ojék	歐側一顆	載客機車
balon udara	吧龍 無打蠟	熱氣球
bajaj	巴在	嘟嘟車
délman	得路慢	馬車
bécak	被雜	三輪車

121

03-16.MP3

印尼語	中文擬音	中文意思
ayam	阿雅目	雞
kambing	尬募兵	羊
babi	芭比	豬
sapi	殺必	牛
kerbau	哥如包	水牛
bébék	貝貝顆	鴨
angsa	安沙	鵝
burung	不輪	鳥
kelinci	各鄰吉	兔子
tikus	地故士	老鼠
kucing	鼓靜	貓
anjing	安靜	狗
kuda	鼓打	馬
harimau	哈里貓	老虎
kodok	口都顆	青蛙
koala	口哇拉	無尾熊
kura-kura	鼓啦-鼓啦	烏龜
siput	喜不	蝸牛
udang	無黨	蝦
kepiting	隔壁定	螃蟹

印尼語	中文擬音	中文意思
beruang	貝路王	熊
buaya	不哇呀	鱷魚
ular	無拉如	蛇
ikan	一感	魚
monyét	末夜	猴子
naga	拿尬	龍
unta	無大	駱駝
gajah	尬雜	大象
nyamuk	尼亞姆	蚊子
kecoak	哥週啊	蟑螂
cicak	機炸顆	壁虎
kanguru	感咕嚕	袋鼠
jerapah	這喇叭	長頸鹿
semut	社目	螞蟻
rusa	路沙	鹿
zébra	這不拉	斑馬
kupu-kupu	鼓步 鼓步	蝴蝶
domba	豆目八	綿羊
serigala	色利尬拉	狼
komodo	狗某豆	科摩多巨蜥

03-17.MP3

印尼語	中文擬音	中文意思
apel	啊ㄅ如	蘋果
mangga	忙尬	芒果
mélon	沒龍	哈密瓜
semangka	色忙尬	西瓜
pepaya	ㄅ巴雅	木瓜
pir	比如	梨子
céri	接裡	櫻桃
jeruk	這路顆	橘子
jeruk bali	這路顆 巴黎	柚子
anggur	昂古	葡萄
salak	沙拉克	蛇皮果
alpukat	阿如不尬特	酪梨
longan	龍安	龍眼
léci	雷吉	荔枝
durian	度裡安	榴蓮
nanas	娜娜士	鳳梨
stroberi	蘇頭被裡	草莓
jambu biji	雜不 比吉	芭樂
jambu air	雜不 啊一兒	蓮霧
rambutan	狼不淡	紅毛丹

印尼語	中文擬音	中文意思
pisang	比上	香蕉
kiwi	吉無意	奇異果
markisa	馬如吉沙	百香果
lémon	雷默	檸檬
buah naga	布啊 那尬	火龍果
belimbing	本林冰	楊桃
nangka	囊尬	波羅蜜
duku	度咕	龍宮果
kelapa	哥拉巴	椰子
tomat	豆馬	番茄
srikaya	蘇裡尬芽	釋迦
mentimun	門迪目	黃瓜
bengkoang	本夠昂	涼薯
kedondong	哥懂懂	太平洋溫桲、紅毛沙梨
manggis	忙吉士	山竹
kesemek	哥色沒克	柿子
bluebérry	步入被裡	藍莓
blackbérry	步類科 被裡	黑莓
delima mérah	的立馬 美拉	石榴
persik	ㄅ兒喜克	桃子

03-18.MP3

印尼語	中文擬音	中文意思
bawang	巴望	蔥
bawang mérah	巴望 美拉	紅蔥
bawang putih	巴望 不低	蒜
bawang bombay	巴望 伯百	洋蔥
wortel	我兒的	紅蘿蔔
kentang	根當	馬鈴薯
lobak	嘍巴	白蘿蔔
jamur	雜目	香菇
jamur kuping	雜目 古冰	木耳
jamur kancing	雜目 感經	蘑菇
jamur payung	雜目 巴運	秀珍菇、蠔菇
jamur énoki	雜目 欸農吉	金針菇
cabai	雜百	辣椒
térong	得龍	茄子
paprika	巴步裡尬	青椒
kacang panjang	尬藏 半藏	菜豆、長豇豆
kacang mérah	尬藏 美拉	紅豆
kacang hijau	尬藏 黑早	綠豆
labu	拉布	南瓜
jagung	雜骨	玉米

印尼語	中文擬音	中文意思
kundur	坤杜兒	冬瓜
rebung	雷崩嗚	竹筍
kangkung	鋼貢嗚	空心菜
brokoli	不肉扣里	綠色花椰菜
kembang kol	跟邦 構耳	白色花椰菜
akar teratai	阿嘎魯 忒拉泰伊	蓮藕
jamur shiméji	雜目 西梅擠	鴻喜菇
kol	構耳	高麗菜
kucai	辜窄伊	韭菜
sawi putih	沙嗚依 撲啼	白菜
tomat	多馬德	西紅柿、番茄
buncis	布恩及斯	豆角;四季豆
bayam	巴雅母	莧菜
bayam mérah	巴雅母 美拉	紅莧菜
daun singkong	大文 行工	木薯葉
daun pepaya	大文 波巴雅	木瓜葉
paré	巴瑞	苦瓜
jéngkol	街英勾勒	印尼頷垂豆、緬甸臭豆
petai	伯帶	臭豆
sawi hijau	薩微 黑腳	菜心

03-19.MP3

印尼語	中文擬音	中文意思
baskét	把誰給牠	籃球
voli	否裡	排球
bulu tangkis	不路 當其實	羽毛球
golf	夠福	高爾夫
sépak bola	誰吧 伯拉	足球
ténis	得尼士	網球
ténis meja	得尼士 沒雜	乒乓球
yoga	唷尬	瑜珈
catur	雜度	西洋棋
karaté	尬拉得	空手道
taékwondo	得我豆	跆拳道
judo	組豆	柔道
tinju	鼎組	拳擊
baseball	貝士伯如	棒球
berkuda	貝鼓達	馬術
biliar	比裡呀	撞球
boling	伯零	保齡球
berenang	貝雷囊	游泳
lompat jauh	樓吧 雜物	跳遠
lompat tinggi	樓吧 定機	跳高

印尼語	中文擬音	中文意思
panjat gunung	辦雜 骨農	登山
sépak bola rugbi	誰吧 伯拉 拉克筆	橄欖球
memancing	麼慢鏡	釣魚
ski	蘇吉	滑雪
angkat besi	安卡 貝西	舉重
menémbak	麼內吧	射擊
bersepéda	貝社貝達	騎腳踏車
atlétik	阿杜雷迪苦	田徑
terjun payung	得路準 吧運	跳傘運動
ice skating	艾蘇 蘇給定	滑冰
sepatu roda	色八度 落大	溜直排輪
aérobik	愛囉比	有氧舞蹈
maraton	馬拉動	馬拉松
hoki	後吉	曲棍球
hoki és	後吉 欽蘇	冰上曲棍球
lari	拉里	跑步
lari éstafét	拉里 欽蘇達菲特	接力賽
senam	色那幕	體操
menari	麼哪裡	跳舞
olahraga air	喔拉拉尬 啊一	水上運動

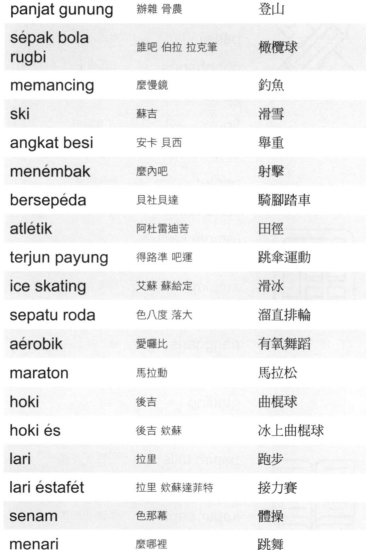

03-20.MP3

印尼語	中文擬音	中文意思
kertas	哥兒大士	紙
pénsil	變細路	鉛筆
penghapus	本哈步士	橡皮擦
pulpen	步變	原子筆
tip-éx	迪-欸課斯	修正液、利可白
tinta printer	定達 布林的兒	墨水
printer	布林的兒	印表機
kartu nama	尬兒度 哪嗎	名牌
tempat kartu nama	等巴 尬兒度 哪嗎	名片座
amplop	阿母本咯步	信封
stémpel	蘇得步路	圖章、印章
penggaris	碰尬裡士	尺
stapler	蘇得ㄅ了兒	釘書機
gunting	滾定	剪刀
cutter	卡的	美工刀
papan tulis	巴巴恩 度裡士	白板、黑板
spidol	蘇比豆	白板筆
kapur papan	卡普 巴巴恩	粉筆
perekat	ㄅ了尬特	膠水、口紅膠
lém	雷姆	膠水、口紅膠

印尼語	中文擬音	中文意思
solatip	手拉迪步	膠帶
lakban	拉庫版	大膠帶
double tape	達舞ㄅ 地步	雙面膠
pembatas buku	ㄅ巴達士 步鼓	書籤
map	嗎步	文件夾
kalkulator	卡路鼓拉豆兒	計算機
mémo	沒末	便條紙
buku binder	不顧 冰的	活頁筆記本
buku gambar	不顧 尬目巴	空白繪圖本
pénsil warna	變細路 哇路拿	彩色筆
krayon	卡啦有恩	蠟筆
stabilo	蘇達比嘍	螢光筆
rautan	拉舞但	削鉛筆機
klip kertas	鼓裡步 哥兒大士	迴紋針
penjepit kertas	本這比特 哥兒大事	燕尾夾
scanner	蘇給呢兒	掃描機
mésin absénsi	麼新 啊部誰恩西	打卡機
mésin pelobang kertas	麼新 ㄅ嘍邦 哥兒大士	打洞機
mésin fotokopi	麼新 佛豆口鼻	影印機
mésin fax	麼新 飛克士	傳真機

131

03-21.MP3

印尼語	中文擬音	中文意思
Garuda	嘎魯達	（印尼國徽）迦樓羅
batik	巴蒂	蠟染
kain sarung	改因 沙瓏	沙龍
Islam	伊斯攬	伊斯蘭教
muslim	木斯凜	穆斯林
imam	一馬木	（伊斯蘭教的宗教首領）伊瑪目
Hari Raya Idulfitri	哈魯 拉雅 伊都ㄈㄧ 得利	開齋節
Al Qur'an	阿魯 酷攬	可蘭經
masjid	媽斯擠	清真寺
wayang kulit	哇央嗚 哭利	皮影戲
gamelan	甘ㄇ攬	（印尼民族樂）甘美朗
tari topéng Panji	打利 偷片 絆擠	潘吉面具舞
réog	雷歐	虎頭面具舞
tari Sekar	打利 蛇嘎爾	塞卡舞
rumah Adat Tongkonan	魯馬 阿德 東扣難	東閣楠傳統祖屋
bajaj	巴載依	電動三輪車
pencak silat	本加克 希拉	印尼武術
arsik	阿勒希	辣味炸鯉魚
nasi kuning	拿西 酷寧	薑黃飯
nasi uduk	拿西 烏杜	椰漿飯

句型課
最口語的日常短句

Unit
01 高興

04-01.MP3

01

Saya sungguh senang.

沙啞 孫谷 色囊

我高興極了。

sungguh 副 極了；非常；通常放在形容詞前面做修飾。

02

Saya senang sekali.

沙啞 色囊 色嘎例

我真高興。

sekali 副 真、真的；表程度，通常放在形容詞後面做修飾。

03

Bagaimana mungkin saya tidak bahagia?

吧改嗎哪 比薩 沙啞 抵達可 巴哈帝阿

我怎麼能不高興呢?

tidak 否 不、否；通常放在動詞或是形容詞前面表否定語氣。
bagaimana 疑 怎麼、如何；反義疑問詞。
mungkin 副 可能、也許

04

Saya merasa sangat senang.

沙啞 麼拉沙 上阿 色囊

我感到很高興。

sangat 副 很；通常放在形容詞前面做修飾。

05

Aku ikut senang kalau kamu senang.

啊鼓 一股特 色囊 尬老 尬目 色囊

如果你開心，我也跟著開心。

ikut 動 跟著
kalau 連 如果

06

Awali hari dengan senyuman.

阿瓦礫 哈利 等阿 神一物滿

用微笑開始每一天。

senyuman 名 微笑
dengan 介 以、用

07

Aku senang untuk kamu.

啊鼓 色囊 五嗯度顆 尬目

我為你高興。

untuk 介 為

08

Senang bertemu lagi.

色囊 不兒的母 拉益

很高興又見面了。

lagi 副 重新、又、再；用在動詞或動詞詞組後面，表示此類動詞或行為再次發生。

09

Suasana hati hari ini sangat bagus.

蘇阿沙納 哈地 哈利 益你 上阿 巴古斯

今天心情很好。

suasana hati 形 情緒、心情

10

Wajah setiap orang dipenuhi dengan senyuman bahagia.

哇又 色地阿埔 喔讓 地可怒意 等阿神一物滿 巴哈帝阿

大家的臉上充滿著笑容。

Senyuman bahagia 詞組 快樂的笑容
dipenuhi 動 充滿、裝滿、盛滿、放滿

11

Saking senangnya, aku menangis.

沙請 蛇囊捏 阿哭 摸拿給斯

我高興的哭了。

saking 介 表示前因的介詞，意思相近於「因為過於」。由於「saking」表示前因，所以後面一定要說出後果。

12

Akhir-akhir ini saya sangat bahagia.

阿谷一兒-阿谷一兒 一尼 沙啞 上啊 巴哈吉亞

我最近很快樂。

akhir-akhir 名 最近

04-02.MP3

01

Aku merasa sedih.

啊鼓 麼拉薩 色迪

我感到傷心。

sedih 形 傷心、難過

02

Sangat menyedihkan.

桑啊特 門尼耶迪感

很令人難過。

menyedihkan 動 令人感到難過

03

Jangan terlarut dalam kesedihan.

藏安 的兒拉魯特 達拉姆 克色迪韓

別讓悲傷淹沒。

terlarut 動 被淹沒、被溶解

04

Dia menangis tersedu-sedu.

迪亞 麼囊疑似 特爾色度-色度

他哭得很難過。

menangis tersedu-sedu
動 崩潰、哭得唏哩嘩啦

05

Dia sangat terpukul saat mendengar hal itu.

迪亞 上阿 特而不顧而 薩阿特 麼的尬而 哈樂 意圖

聽到那個消息時他真的很難過。

Mendengar 動 聽到、聽見
Hal 名 新聞、事情、消息

06

Suasana hati saya tidak baik.

蘇阿莎娜 哈迪 沙啞 抵達可 額那可

我的心情不好。

Suasana hati 名 情緒、心情
tidak baik 形 不好、負面的

07

Aku galau.

啊鼓 嘎啦無

我的心悶悶的。

galau 形 悶、難過、煩惱、猶豫

*galau 是一個新的形容詞,用於表達許多不同的負面心情。

08

Dia membuatku merasa sakit hati.

抵押 們不瓦的古 麼拉沙 傻氣的 哈迪

它讓我感到心痛。

merasa 動 感到、覺得
sakit hati 形 心痛、心碎

09

Aku merasa kesepian.

啊鼓 麼拉沙 各色比安

我感覺得很孤單。

kesepian 形 空虛、寂寞、孤單

10

Kenapa kamu selalu bersedih?

個那怕 嘎母 色拉魯 不二色底

為甚麼你一直難過?

selalu 副 一直都、依然

11

Jangan bersedih lagi.

局阿甘 不而色迪 拉迪

別再難過了。

jangan 副 不要、別
lagi 副 再、又、在

12

Jangan bersedih terlalu lama.

藏安 不兒色迪 的兒拉路 拉嗎

別難過太久。

lama 形 久

03 生氣

04-03.MP3

01

Jangan buat aku marah.

藏安 不啊特 啊鼓 嗎拉

不要讓我生氣。

buat 動 做、弄、使、讓

02

Saya sudah pasrah.

沙啞 蘇大 巴色拉

我真的很無奈。

pasrah 形 放棄、隨便了；無力、無奈

03

Pergi, saya tidak mau melihatmu lagi!

不兒，沙啞 替大可 馬五 麼莉哈特慕 拉起

走開，我不想再看到你！

pergi 動 去
melihat 動 看
lagi 副 再、正在

04

Saya sudah émosi.

沙啞 蘇大 惡魔系

我生氣了！

sudah 副 已經
émosi 形 生氣、憤怒、暴怒

05

Dia mengabaikanku, sepertinya dia marah sekali.

迪亞 夢啊白感股，色不二迪尼亞 迪亞 嗎啦 色尬力

他不理我，他好像很生氣。

mengabaikan 動 不理、忽視、無視

06

Jangan ganggu saya.

查干 鋼古 沙啞

不要吵我！

ganggu 動 打擾、吵

07

Dia dimarahi guru.

迪亞 迪馬拉一 股路

他被老師罵。

guru 名 老師

08

Saya sudah tidak tahan.

沙啞 蘇打 替大可 大漢

我忍不住了！

sudah 副 已經。通常置於形容詞之前。
tahan 形 承受、忍受

09

Meréka sedang bertengkar.

麼熱尬 色黨 不兒等嘎兒

他們吵了一架。

sedang 副 正在、中
bertengkar 動 吵架、鬥嘴、爭吵

10

Tidak perlu dijelasin lagi.

替大可 不兒路 迪扯拉新 拉起

不用解釋了！

dijelasin 形 解釋、講解

11

Kamu sudah keterlaluan.

尬目 書達 個的兒拉路彎

你太過分了！

keterlaluan 形 過分

12

Terserah kamu mau bagaimana.

的兒色拉 尬目 馬舞 巴蓋馬那

隨便你要怎麼樣！

terserah 動 隨便

Unit
04 後悔

04-04.MP3

01

Dia menyesal tidak ikut pergi.

迪亞 麼女兒薩 替大可 已故的 不二起

他很後悔沒有一起跟去。

menyesal 動 後悔
ikut 動 跟著

02

Saya merasa menyesal sekarang.

沙啞 麼拉沙 麼女兒薩 色嘎讓

我覺得我現在後悔了。

sekarang 形 現在

03

Aku menyesal sudah menyia-nyiakan masa mudaku.

啊鼓 門尼餓沙路 樹達 門一呀-一呀感嘛沙 慕達鼓

我很後悔浪費了我的青春。

menyia-nyiakan 動 浪費
masa muda 名 青春

04

Dia harusnya berbakti kepada orang tuanya.

迪亞 哈魯色那 不兒巴克迪 個爬大 喔讓度阿娜

他真該孝順自己的父母。

berbakti 名 孝順
orang tua 名 父母親
orang tua 名 老人、有年紀的人

05

Dia pasti akan menyesal.

迪亞 巴色迪 阿甘 麼女兒薩

他一定會很後悔的。

pasti 副 一定、肯定；通常放在形容詞的前面

06

Penyesalan adalah sebuah pembelajaran.

本那沙藍 啊達辣 色不啊 噴不二辣雜藍

後悔使人成長（後悔是個教訓）。

07

Saya sangat mcnycsal tidak bisa tiba.

沙啞 上阿 麼女兒薩 替大可 批薩 迪巴

我很遺憾不能到。

tiba 動 達到

08

Sayang sekali saya tidak memanfaatkan waktu dengan baik.

沙養 色嘎李 傻呀 替大可 麼滿發阿德感 挖可讀 等阿巴義

我沒有好好利用時間真的太可惜了。

sayang sekali 形 真可惜
memanfaatkan 動 利用

09

Saya menyesal telah membuatmu marah.

沙啞 麼女兒薩 德拉 麼不啊特目 嗎啦

我很後悔讓你生氣了。

telah 副 已經

10

Penyesalan selalu datang terakhir.

不兒女兒薩蘭 色拉魯 搭檔 的兒拉客七

後悔總是遲來的。

penyesalan 名 後悔
selalu 副 一直、總是
terakhir 形 最後

11

Menangis tidak menyelesaikan masalah.

麼囊疑似 替大可 麼女了薩伊感 馬沙拉

哭是解決不了問題的。

menangis 動 哭
menyelesaikan 動 解決

12

Nasi sudah menjadi bubur.

納西 蘇大 麼恩查迪 不不兒

生米已經煮成熟飯了（飯已變成了粥）。

nasi 名 飯
bubur 名 粥
*（印尼的成語）意思是過去的事已經回不來了。

141

05 擔心

04-05.MP3

01

Apa yang sedang kamu khawatirkan?

阿巴 楊 色當 嘎木 嘎挖迪爾甘

你在擔心什麼事呢？

| sedang 副 正在 |

02

Saya sangat khawatir denganmu.

沙啞 上阿 嘎挖迪爾 等安目

我很擔心你。

khawatir 形 擔心

03

Tidak perlu khawatir.

替大可 不兒路 嘎挖迪爾

不用擔心！

Perlu 副 需要

04

Saya sedang ada beban pikiran.

沙啞 色當 阿達 不兒班 脾氣然

我正有煩惱。

ada 動 有；通常放在名詞、形容詞前面做修飾。
beban pikiran 名 心事、煩惱

05

Tidak perlu terlalu dipikirkan, dia akan baik-baik saja.

迪達顆 不二路 的兒拉路 迪比幾兒感，迪亞 阿甘 吧一顆-吧一顆 沙札

不用想太多，他會好好的。

06

Kamu tidak apa-apa kan?

尬目 替大可 阿巴阿巴 甘

你沒事吧？

kan 副 吧？；通常放在句子最後面，表示說話者希望或猜測聽話的人是前述的狀態。

07

Kenapa kamu terlihat strés?

格納巴 尬目 的兒裡哈德 色迪

你怎麼看起來感覺很煩惱呢？

terlihat 動 看起來
strés 形 有壓力、壓力大、緊張

08

Saya takut dia akan marah.

沙啞 大古特 迪亞 阿甘 嗎啦

我怕他會生氣。

takut 形 怕、害怕

09

Apakah kamu sedang
mengkhawatirkan dia?

阿巴嘎 嘎木 色當 夢哈哇迪感 迪亞

你在為他擔心嗎？

mengkhawatirkan 動 為…擔心

10

Melihat keséhatan orang tuaku,
membuatku ragu untuk pergi ke luar kota.

麼裡哈特 個誰哈單 喔狼度哇鼓，麼不啊特鼓 啦鼓 舞
嗯度顆 不二幾 個 路哇二 狗達

因為我父母的健康狀況，讓我在猶豫要不要到外
縣市去。

ragu 形 猶豫

11

Aku khawatir aku tidak bisa
menjadi yang terbaik untuk dirinya.

啊鼓 尬哇滴入 啊鼓 迪達顆 比沙 門炸迪 一陽 度二吧
一顆 五嗯度顆 迪裡尼亞

我擔心我不能成為他最適合的人。

terbaik 形 最好的

12

Aku khawatir dia tidak bisa melakukannya.

啊鼓 尬哇滴入 迪亞 迪達顆 比沙 麼啦鼓感尼亞

我擔心他做不到。

melakukannya 動 做到這一點

01

Negara apa yang paling kamu suka?

呢尬啦 啊吧 一樣 吧零 尬目 素尬

你最喜歡哪個國家？

negara 名 國家
paling 副 最；通常放在動詞、形容詞前面做修飾。

02

Dia memiliki banyak penggemar.

抵押 麼米粒七 板鴨各 澎哥馬熱

他有很多粉絲。

penggemar 名 粉絲

03

Apakah kamu suka nonton drama?

阿爸嘎 嘎木 蘇尬 奴喔頓 的喇嘛

你喜歡看連續劇嗎？

nonton 動 看
drama 名 連續劇

04

Apakah kamu suka makanan pedas?

阿爸嘎 嘎木 蘇尬 瑪卡南 不兒大肆

你喜歡吃辣嗎？

makanan 名 食品、食物、料理
pedas 形 辣

05

Saya suka pergi ke pantai.

沙啞 蘇嘎 不兒氣 各 班代

我喜歡去海邊。

pantai 名 海邊
ke 介 去到；通常置於地方、場所之前。

06

Saya suka makan nasi kari.

沙啞 蘇尬 馬侃 納西 咖哩

我喜歡吃咖哩飯。

makan 動 吃

07

Rasa ini sangat cocok dengan seléra saya.

拉沙 旖旎 上阿 周周克 等案 色熱辣 沙啞

這個口味很適合我的胃口。

rasa 名 口味、感覺
cocok 形 適合、合適
selera makan 名 胃口

08

Saya suka bermain musik.

沙啞 蘇尬 布爾瑪因 木系科

我喜歡玩音樂。

bermain 動 玩
musik 名 音樂

09

Saya tertarik dengan bola baskét.

沙啞 徒兒大力 等案 波拉 把色格特

我對籃球有興趣。

bola basket 名 籃球

10

Saya sangat menyukai ini.

沙啞 上阿 麼女尬藝 旖旎

我很喜歡這個。

menyukai 動 喜歡

11

Dia tertarik dengan kamu.

迪亞 的二大立刻 等阿 尬目

他對你有興趣。

tertarik 動 有興趣
dengan 副 對；通常置於名詞之前當修飾。

12

Dia sangat menikmati pekerjaannya.

迪亞 上阿 麼尼克瑪迪 布爾格而嘎按捺

他很享受他的工作。

menikmati 動 享受
pekerjaan 名 工作

04-07.MP3

01

Sifatmu sangat menjengkelkan.

系發的母 喪啊 門這嗯給感

你的個性真令人討厭。

sifat 名 個性、性格
menjengkelkan 動 可惡、令人討厭

02

Bantulah orang dengan tulus.

伴讀拉 喔讓 等啊 度廬色

幫助人要真誠。

bantu 動 幫忙
tulus 形 真誠

03

Saya benar-benar tidak suka makan sayuran.

沙啞 布爾那-布爾那 替大可 蘇尬 麻感 薩玉蘭

我真的很討厭吃菜。

benar-benar 形 真、真的

04

Orang yang tidak sopan akan dibenci.

喔讓 楊 替大可 搜半 阿甘 底 本及

沒禮貌的人都會被討厭。

sopan 形 禮貌
benci 動 討厭、厭惡

05

Ini sama sekali bukan apa yang saya suka.

旖旎 薩瑪 色嘎李 不敢 色熱辣 沙啞

這完全不是我喜歡的。

sama sekali 形 真的、完全
bukan 副 不是；通常置於名詞之前。

06

Saya tidak suka orang seperti ini.

沙啞 替大可 蘇尬 喔郎 色布爾迪 旖旎

我不喜歡這種人。

orang 名 人

07

Kenapa kamu begitu membencinya?

個那怕 嘎木 不惡企圖 麼恩本紀那

為什麼你那麼討厭他？

begitu 副 那麼的；用於修飾形容詞和某些動詞。

08

Tugas kita terlalu banyak.

度尬石 機達 的兒啦路 班尼亞顆

我們的作業太多了。

tugas 名 作業
terlalu banyak 形 太多

09

Saya tidak suka berhubungan dengannya.

沙啞 替大可 蘇尬 不二胡不能按 等阿那

我不喜歡和他交流。

berhubungan 動 交流、交易、有關係

10

Menzalimi orang adalah perilaku buruk.

麼恩札莉米 喔讓 阿大拉 不惡吏拉古 不露個

霸凌是不好的行為。

menzalimi 動 霸凌
perilaku 名 行為

11

Ini sangat menjijikkan.

旖旎 上阿 悶積極感

這個真噁心。

jijik 動 噁心
menjijikan 動 令人感到噁心

12

Saya sangat membenci matematika.

沙啞 上阿 麼恩本紀 馬的馬迪卡

我真的很討厭數學。

matematika 名 數學

147

Unit

08 樂觀

01

Saya senang sekali.

沙啞 色囊 色嘎李

我真的很開心。

Senang 形 高興、開心、快樂

02

Semangat, kelak akan suksés.

色盲阿，克拉各 阿甘 蘇各色

加油，未來將會成功的。

kelak 名 以後、未來
akan 動 將
suksés 形 成功

03

Masa depan ditentukan oleh diri
sendiri.

麻紗 的潘 低等毒桿 喔類 地理 森地理

未來是由自己決定的。

masa depan 名 未來

04

Senang berkenalan denganmu.

色囊 布爾格納蘭 等阿木

很開心認識你。

berkenalan 動 認識

05

Pikirkan hal-hal bahagia maka
kamu tidak akan bersedih lagi.

脾氣而乾 哈-哈 巴哈其阿 瑪嘎 嘎木 替大可 阿甘 不額
色地 拉起

多想想開心的事情，你就不會難過了。

tidak akan 副 不會
bahagia 形 開心

148

06

Semuanya berjalan dengan baik.

色母阿娜 布爾插藍 等阿 八億

一切都過得很順利。

berjalan 動 進展

07

Jangan khawatir, tidak akan ada masalah.

張阿 嘎挖迪爾，替大哥 阿甘 阿達 馬沙拉

不要擔心，不會出事的。

khawatir 形 擔心
masalah 名 事情；問題

08

Selalu senang setiap hari.

色拉路 色囊 色迪阿埔 哈利

每天都很開心。

setiap hari 名 每天、天天

09

Semoga sukses selalu.

色魔嘎 蘇各色 色拉路

祝你好運滾滾來！

semoga 副 希望、願

10

Kita semua baik-baik saja.

其他 色母蛙 八億-八億 薩查

我們都好好的啊！

11

Perasaan senang akan memiliki énergi positif.

布爾拉沙岸 色囊 阿甘 麼米粒七 額呢氣 婆媳迪福

開心才會有正能量。

énergi positif 名 正能量

12

Hidup penuh rasa optimis baru bisa bahagia.

漂噸 不額怒 拉沙 歐弟米色 八路 碧砂 巴哈其阿

活在樂觀的生活裡才會幸福。

hidup 動 活、生活
optimis 名 樂觀

Unit
09 悲觀

04-09.MP3

01

Sudah terlambat.

蘇打 的兒拉恩八德

來不及了。

terlambat 名 來不及、遲到

02

Saya agak kecewa.

沙啞 阿尬 各界挖

我有點失望。

agak 副 一點、多少；通常置於形容詞之前。
kecewa 形 失望

03

Kamu jangan tidak percaya diri.

嘎木 張阿 替大可 布爾茶芽 迪利

你不要沒信心。

percaya diri 動 相信自己、有信心

04

Masalah ini terlalu sulit untuk diselesaikan.

馬沙拉 旖旎 的兒拉路 素麗特 五堵各 底色了賽感

這個問題太難解決了。

sulit 形 難
diselesaikan 動 解決

05

Masalahnya semakin buruk.

馬沙拉捏 蛇馬請 布魯閣

事情越來越糟糕了。

masalah 名 事情、問題
semakin 副 越來越…
buruk 形 壞、不好、糟

06

Sudah tidak ada harapan untuk kamu.

蘇打 替大可 阿大 哈拉半 五堵各 嘎木

你沒有希望了。

sudah 副 已經；通常置於形容詞或是動詞之前。
harapan 名 希望

07

Mcnyerah hanyalah membuat
semua usahamu sia-sia.

們也拉 哈娜拉 們不挖的 色母阿 淤沙哈姆 系阿-系阿

放棄只是讓你一切的努力都白費了而已。

menyerah 動 放棄
sia-sia 形 白費
usaha 名 努力；業務

08

Kamu tidak mengerti keinginanku.

嘎木 替大可 夢而第 各一侵案股

你根本不了解我想要的。

mengerti 動 了解
keinginan 名 想要的事、物

09

Aku tidak mungkin bisa menang.

啊鼓 替達顆 目嗯近 比沙 麼囊

我不可能會贏的。

menang 動 贏

10

Belakangan ini aku selalu sial.

不額拉岡安 旖旎 啊鼓 色拉路 喜啊路

我最近都很倒霉。

belakangan ini 名 最近
sial 形 倒霉

11

Dia berharap bisa berkumpul
dengan keluarganya.

抵押 不而哈拉 碧砂 不二顧不 等阿 格魯阿嘎那

他期望能和家人團聚。

berharap 動 期望、希望
berkumpul 動 團聚、聚在一起

12

Menurut aku, aku tidak akan bisa
lulus ujian bésok.

麼怒路特 啊鼓，啊鼓 替達顆 啊感 比沙 路路石 舞集安
杯受顆

我覺得明天的考試我不會及格。

ujian 名 考試
lulus 動 及格、畢業

01

Saya tidak salah dengar?

沙啞 替大可 薩拉 等阿二

我沒有聽錯嗎？

dengar 動 聽

02

Aku tidak percaya dengan apa yang sedang kulihat.

阿姑 替達顆 布爾茶芽 等阿 阿爸 楊 色當 孤立哈德

我無法相信我現在看到了什麼。

lihat 動 看

03

Sungguh ajaib.

孫谷 阿茶一

真是太神奇了。

ajaib 形 神奇、奇異

04

Maaf, ini sungguh tak terduga.

馬阿福，旖旎 筍菇 大可 的二度嘎

抱歉，這件事誰都預想不到。

maaf 名 抱歉、對不起
sungguh 副 真的；通常置於形容詞之前。
tak terduga 動 意料不到

05

Sungguh sulit dipercaya.

筍菇 素麗特 迪布爾茶芽

不可思議！

sulit 形 難

06

Jangan menakuti saya.

張阿 麼納骨迪 沙啞

你別嚇我啊！

menakuti 動 嚇

07

Saya tidak percaya kalau tidak ada bukti.

沙啞 替大可 布爾茶芽 嘎啦舞 替大可 不惡地

沒憑沒據的，我不相信！

percaya 動 相信
bukti 名 證據

08

Saya tidak menduga kamu bisa datang.

沙啞 替大可 們度尬 嘎木 比沙 搭檔

我沒想到你能來！

menduga 動 想到、想像
datang 動 過來、來

09

Aku sedang bermimpi, kan?

阿姑 色當 布爾米恩比，感

這不是夢吧！（我是在作夢，對吧？）

mimpi 名 夢
*kan? 通常放在句子的後面表示「吧？」。

10

Ya Tuhan, kamu benar-benar keterlaluan!

呀 度漢，嘎木 不餓那-不餓那 個的兒拉亂

天啊！你太誇張了。

Tuhan 名 上帝、神明
keterlaluan 形 不合理、誇張

11

Berita ini mengejutkan saya.

不惡例大 旖旎 夢額除特感 沙啞

這個消息讓我很震驚！

mengejutkan 動 令人震驚

12

Candaan kamu tidak lucu!

站答案 尬母 抵達個 路竹

你的笑話不好笑！

candaan 名 笑話
lucu 形 好笑

153

04-11.MP3

01

Aku tidak peduli.

啊鼓 替大可 不額獨立

我才不在乎！

peduli 動 在意、關心

02

Terserah kamu mau berpikir apa.

的兒色拉 尬目 馬舞 不額比起二 阿爸

隨便你怎麼想。

pikir 動 想

03

Aku gak mau ikut-ikutan dengan masalah kamu.

啊鼓 尬穎 嗎物 一鼓特-一鼓特安 等案 嗎沙啦 尬目

別把我扯進去。

ikut-ikutan 動 跟著、參與
masalah 名 問題；事情

04

Jangan urusi dia lagi.

張阿 五路西 抵押 拉起

別管他了！

urusi 動 關照、管

05

Terserah kamu!

的兒色拉 嘎木!

隨便你！

terserah 形 隨便

06

Tidak ada yang kasihan padamu.

替大可 阿大 楊 軋戲漢 八大目

沒有人會可憐你的。

kasihan 名 可憐

07

Aku sudah terbiasa sendirian, tidak suka ditemani oleh orang lain.

阿姑 蘇打 的二筆阿沙 森迪麗燕，替大可 蘇尬 地的馬尼 喔類 喔讓 拉引

我習慣一個人了，不喜歡別人來陪我！

sendirian 代 獨自、自己
terbiasa 動 習慣
ditemani 動 陪著

08

Aku bisa urus urusanku sendiri.

阿姑 碧砂 屋路事 無廬山股 森地理

我自己的事，我自己會處理。

urus 動 處理；管
urusan 名 事務、事情

09

Mengapa kamu selalu begitu dingin padaku?

夢阿爸 尬目 色拉路 被堵 定音 怕大鼓

你為什麼要一直對我那麼冷漠？

dingin 形 冷漠

10

Jangan bahas lagi, ini tidak ada hubungannya dengan saya.

張阿 巴哈色 拉起，旖旎 替大可 阿大 互補按捺 等阿沙啞

別提了，這與我無關。

bahas 動 研究、討論
hubungan 名 關係

11

Kamu jangan urusi urusanku.

嘎木 張阿 霧鹿溪 五路山谷

你不要管我的事。

12

Aku tidak akan peduli kepadamu lagi.

啊鼓 替達顆 啊感 被度裡 個吧達目 啦幾

我不會再在意你了。

155

Unit
12 同意

01

Tidak masalah.

替大可 馬沙拉

沒問題！

02

Jawaban yang benar.

查瓦班 楊 本阿

你答對了。

benar 形 對
jawaban 名 答案

03

Tentu saja boléh.

等度 沙查 伯雷

當然可以啊！

tentu saja 形 當然
boléh 副 可以

04

Aku tidak mungkin menentang kemauanmu.

啊鼓 替達顆 目嗯近 麼能當 個嗎五案目

我不可能違背你的意願。

menentang 動 反對
kemauan 名 意願、心意、意志

05

Saya sangat setuju.

沙啞 上啊特 色促出

我非常同意。

setuju 名 同意

06

Saya sama sekali tidak keberatan.

沙啞 莎瑪 色嘎李 替大可 個不惡啦但

我就同意了（我就不再反對了）。

keberatan 動 介意。指因為某要求給自己造成極大不便、或必需有的犧牲也心生的反抗，但話中帶有謙卑的語感。

07

Aku pasti akan mendukungmu.

啊鼓 巴士替 啊感 門度工目

我一定會支持你的。

pasti 形 一定、的確、確定
mendukung 動 支持

08

Jangan ragu lagi, dia a dalah jodohmu.

江安 啦呱 拉給 迪啊 啊 地阿拉 仇都木

別再猶豫了,她就是你的緣分。

ragu 形 猶豫、懷疑
jodoh 名 伴侶;緣分
-lah 後綴詞 就是。接於名詞後方。

09

Pandangan kita sama.

辦當案 幾達 沙嗎

我們的看法一致。

pandangan 名 看法

10

Cara yang kamu pakai adalah cara yang benar.

砸拉 楊 嘎木 怕該 阿大拉 砸拉 楊 本阿熱

你這個做法是對的。

cara 名 方法、方式

11

Perkataannya masuk akal.

不額嘎大按捺 馬蘇格 阿嘎了

他說得有道理。

masuk akal 形 有道理

12

Menurutku idemu sangat masuk akal.

沙啞 色獨處 等阿 以德納

我覺得你的想法很合理。

menurut 介 根據
ide 名 想法
masuk akal 名 合理

Unit
13 反對

01

Pasti bukan seperti apa yang kamu pikirkan.

怕色第 不敢 色不兒迪 阿吧 楊 嘎木 脾氣而感

肯定不是你想的那樣。

| seperti 代 像 |

02

Bagaimana bisa saya setuju?

把該馬那 碧砂 沙啞 色獨處

我怎麼能同意呢？

03

Ini adalah perilaku yang tidak benar.

旖旎 阿達拉 不額里拉股 楊 替大可 不阿那

這個行為是錯誤的。

| perilaku 名 行為 |

04

Tolak saja!

都拉克 沙差

拒絕吧！

| tolak 動 拒絕；反對 |

05

Dia tidak setuju dengan perbuatanmu.

沙啞 替大可 色獨處 等阿 不利拉路木

他不同意你的作法。

| perbuatan 名 作法、行為 |

06

Sudut pandangmu sangat anéh.

蘇獨特 板蕩木 上阿

你的觀點太奇怪了。

| sudut pandang 名 觀點 |

07

Rahasiamu tidak mungkin aman ditangannya.

拉哈西亞木 替大可 母慶 阿滿 抵達南那地

如果讓他知道你的秘密，你就完了。

rahasia 名 秘密
mungkin 副 可能
aman 形 安全

08

Benar-benar sangat tidak masuk akal.

不二那兒-不二那兒上阿 替大可 馬蘇克 阿嘎了

真的非常不合理。

benar-benar 形 真的、很
masuk akal 形 是有道理的

09

Pernyataan ini jelas salah.

不兒那答案 旖旎 側拉瑟 沙拉

這個說法顯然是錯誤的。

pernyataan 名 聲明
jelas 形 明確

10

Hubungan kami tidak direstui oléh keluarga.

戶不安 嘎米 替大可 迪垃圾讀一 喔類 各路阿爾嘎

我們的感情不被家人祝福。（家人不同意我們在一起）。

restu 名 祝福
direstui 動 給祝福、被祝福

11

Dilihat dari éksprési dia, sepertinya dia tidak setuju.

迪利哈特 達裡 欸顆色不累喜 迪亞，色不兒迪尼亞 迪亞 替達顆 色賭主

看他的表情，他好像不同意。

éksprési 名 表情

12

Saya memiliki pikiran lain untuk masalah ini.

沙啞 麼米粒七 不餓米級懶 啦因 五堵各 馬沙拉 意你

關於這個問題，我有別的想法。

memiliki 動 擁有
masalah 名 問題

04-14.MP3

01

Aku diperboléhkan untuk memelihara anjing.

啊鼓 迪不兒波雷感 五嗯度顆 麼麼裡哈啦 案經

我可以養狗（我被允許養狗）。

memelihara 動 養
anjing 名 狗

02

Boléhkah saya menggéndong anjingmu?

迫累嘎 沙啞 猛跟東 安靜木

我可以抱你的狗狗嗎？

menggendong 動 抱起來

03

Saya sudah dapat izin dari atasan.

沙啞 蘇達 大把的 已近 大力 阿達三

我有得到老闆的許可。

izin 名 許可
atasan 名 老闆、上司

04

Kamu boléh tidur setelah menyelesaikan tugas kamu.

嘎木 破類 迪徒兒 色的拉 麼呢了賽感 度嘎色 嘎木

工作做完了你才能去睡。

05

Ibu memperboléhkan aku menginap di rumah teman.

一步 門不兒波雷感 啊鼓 夢一那不 迪 路嗎 的慢

媽媽允許我睡在朋友家。

memperboléhkan 動 給允許
menginap 動 睡別人家

06

Pria Taiwan harus berusia minimal 18 tahun untuk menikah.

布里亞 台灣 哈魯瑟 不兒屋西亞 迷你馬勒 的拉頒布額 拉瑟 屋恩度 麼你嘎

台灣男子須滿18歲才可以結婚。

usia 名 年齡
tahun 名 年

07

Minum obat tepat waktu agar cepat sembuh.

米奴麼 喔八 的吧特 挖個讀 阿嘎 則巴特 瑟恩布

按時吃藥病才會趕快好。

sembuh 動 恢復
tepat waktu 形 準時

08

Diskon hanya untuk orang yang memiliki kartu pelajar.

抵死狗 和阿 五堵各 喔讓 楊 麼米粒七 嘎二度 不額拉查爾

有學生證的人才可以打折。

diskon 名 打折
kartu pelajar 名 學生證

09

Dokter sudah mengizinkan saya untuk keluar dari rumah sakit.

都特 蘇打 夢遺進乾 沙啞 屋恩度 格魯阿爾 達裡 路嗎 沙奇

醫生讓我出院了。

dokter 名 醫生
rumah sakit 名 醫院

10

Orang tuaku sudah mengizinkan aku pergi ke luar negeri.

喔讓杜瓦古 蘇打 夢遺進乾 啊鼓 不兒及 各 盧阿爾 呢 隔離

父母允許我去國外了。

mengizinkan 動 允許

11

Orang tuaku tidak pernah melarangku.

喔狼度哇鼓 替達顆 不兒那 麼啦狼鼓

我父母沒有禁止過我。

melarang 動 禁止

04-15.MP3

01

Dilarang membawa makanan dan minuman dari luar.

迪拉讓 門把挖 馬嘎男 淡 米怒慢 達裡 路哇兒

禁止攜帶外食（包括飲料）。

dilarang 動 禁止
makanan 名 食物
minuman 名 飲料

02

Dilarang minum minuman beralkohol di sini.

迪拉讓 米努恩 米奴曼 不兒阿狗後 迪細膩

在這裡禁止飲酒。

minuman beralkohol 名 酒精飲料

03

Dilarang masuk.

迪拉讓 馬蘇格

禁止進入。

masuk 動 進入、進去

04

Dilarang ribut.

迪拉讓 李布特

禁止喧嘩。

ribut 形 吵

05

Dilarang menginjak rumput.

迪拉讓 夢飲茶各 略內部的

請勿踐踏草坪。

injak 動 踩
rumput 名 草、草坪

06

Dilarang buang sampah sembarangan.

迪啦狼 不王 沙目吧 色目吧狼案

禁止亂丟垃圾。

buang 動 丟
sampah 名 垃圾
sembarangan 形 亂…；隨便

07

Motor dilarang léwat.

某都 迪拉讓 了襪的

禁止機車進入。

motor 名 機車

08

Dilarang parkir.

迪拉讓 八二七二

禁止停車。

parkir 動 停車

09

Dilarang membawa héwan peliharaan.

迪啦狼 門吧哇 嘿完 笨裡哈啦案

禁止攜帶寵物。

membawa 動 帶
hewan 名 動物
hewan peliharaan 名 寵物

10

Laki-laki dilarang masuk ke asrama wanita.

拉起-拉起 迪拉讓 馬蘇格 各 阿色拉嗎 頑逆大

男生禁止進入女生宿舍。

laki-laki 名 男性
dilarang 動 被禁止
wanita 名 女性
asrama 名 宿舍

11

Dilarang sentuh, berbahaya!

迪拉讓 瑟恩度，不額巴哈雅

危險！禁止觸摸！

sentuh 動 碰

12

Dia melarangku melihat konsér.

迪亞 麼拉讓古 麼莉哈德 夠圾而

他禁止我去看演唱會。

konsér 名 演唱會

163

04-16.MP3

01

Terima kasih.

得利嗎 嘎系

謝謝！

02

Terima kasih atas perhatianmu.

得利嗎 嘎系 阿大色 布爾哈迪安姆

謝謝你的關心！

perhatian 名 注意、關懷、關心

03

Saya sangat berterima kasih kepada Anda.

沙啞 上啊特 不兒的裡嗎 尬戲 個吧達 安打

我很感謝您！

04

Terima kasih atas bantuanmu.

得利嗎 嘎系 阿大色 伴讀案母

謝謝你的幫忙！

bantuan 名 幫助

05

Saya tidak akan melupakan bantuanmu.

沙啞 替大可 阿甘 麼路霸感 伴讀案母

我永遠不會忘記妳的幫助！

melupakan 動 忘記

06

Saya akan mengingat kebaikanmu.

沙亞 啊感 夢因啊特 個吧一感目

我會記得你的好！

ingat 動 記得、記住
kebaikan 名 好事、好、善良

07

Terima kasih atas niat baikmu.

得利嗎 嘎系 阿大色 尼啊特 吧一顆目

感謝你的好意！

niat baik 名 好意

08

Terima kasih atas dukungannya.

的裡嗎 尬戲 啊達石 度鼓感尼亞

謝謝你的支持！

dukungan 名 支持

09

Terima kasih atas apa yang telah kamu lakukan.

得利嗎 嘎系 阿大色 阿爸 楊 的拉 嘎木 拉骨感

謝謝你所做的一切！

lakukan 動 做的

10

Tolong sampaikan rasa terima kasihku kepada orang tuamu.

三百感 拉沙 得利嗎 嘎系股 個把達 喔狼度哇目

請替我向你父母說聲謝謝！

sampaikan 動 告訴、轉達

11

Terima kasih kamu selalu mempercayaiku.

的裡嗎 尬戲 尬目 色拉路 麼不兒炸亞衣鼓

謝謝你一直相信我。

selalu 副 一直
percaya 動 相信

12

Terima kasih atas hadiahnya.

的裡嗎 尬戲 啊達石 哈迪啊尼亞

謝謝你的禮物！

hadiah 名 禮物

17 道歉

04-17.MP3

01

Maaf.

馬阿福

對不起。

maaf 名 對不起、原諒

02

Aku salah.

啊鼓 沙啦

我錯了。

salah 形 錯

03

Kamu harus minta maaf.

尬目 哈魯是 民答 馬阿福 你得道歉

你得道歉。

minta 動 問;請求、要求
minta maaf 動 道歉。直譯是請求原諒的意思。

04

Saya tidak bermaksud begitu.

沙啞 替大可 布爾馬蘇格 不額七堵

我沒有那個意思。

bermaksud 動 打算;心懷…用意

05

Maaf sudah membuatmu menunggu.

馬阿福 書達 們不阿的目 麼奴股

抱歉,讓你久等了!

menunggu 動 等、等待

06

Tolong maafkan saya.

豆隆 馬阿福感 沙啞

請原諒我。

tolong 動 請、求、幫助

07

Tolong terima permintaan maafku.

都隆 的李馬 布爾民答案 馬阿福股

請接受我的道歉。

terima 動 接受
permintaan 名 需求

08

Maaf sudah mengganggu.

馬阿福 書達 夢鋼骨

不好意思打擾了。

ganggu 動 打擾

09

Aku tidak akan mengulagi kesalahanku lagi.

啊鼓 替達顆 啊感 夢舞狼一 個沙啦寒鼓 啦幾

我不會再犯一樣的錯了。

mengulangi 動 重複
kesalahan 名 錯

10

Aku sangat menyesal telah melakukan kesalahan.

啊鼓 上啊特 麼尼餓沙 的啦 麼啦鼓感 個沙啦寒

我很後悔我做錯了！

menyesal 動 後悔
telah 副 已經
melakukan 動 做

11

Bisakah kamu memaafkanku?

比薩嘎 嘎木 麼馬阿福乾股

你可以原諒我嗎？

Bisakah 副 可不可以；通常置於問句的句首。

12

Aku akan melakukan apapun asalkan kamu memaafkanku.

啊鼓 啊感 麼啦鼓感 啊吧步嗯 啊沙餓感 尬目 麼嗎啊負感鼓

只要你原諒我，我什麼都願意做！

apapun 助 任何、什麼都、全部
asalkan 助 只要

167

01

Tidak apa-apa.

迪大可 阿八-阿八

沒關係！

02

Kamu tidak perlu meminta maaf.

嘎木 迪大可 不惡露 麼民大 馬阿福

你不用道歉。

tidak perlu 副 沒必要、不需要
meminta maaf 動 道歉

03

Saya sudah memaafkanmu.

沙啞 蘇打 麼馬阿福肝母

我已經原諒你了。

sudah 副 已經；通常置於形容詞或動詞之前。

04

Baiklah, saya memaafkanmu.

八億拉，沙啞 麼馬阿福感木

好吧，我原諒你！

baiklah 助 好的、好吧

05

Aku tidak pernah menyalahkanmu.

啊鼓 替達顆 不兒那 門尼亞啦感目

我從來沒有怪過你！

pernah 副 曾經；通常置於形容詞或動詞之前。
menyalahkan 動 怪、責怪

06

Ini bukan salahmu.

一尼 步感 沙啦目

這不是你的錯。

salah 形 錯

07

Aku sudah tidak marah lagi.

啊鼓 書達 替達顆 嗎啦 啦幾

我沒有生氣了。

marah 形 憤怒、生氣
lagi 副 再

08

Saya tidak ambil pusing.

沙啞 迪大可 啊目比路 不行

我沒放在心上。

ambil 動 拿
pusing 形 煩惱

09

Semua hanya salah paham.

色目哇 寒尼亞 沙啦 吧哈目

都只是誤會而已！

salah paham 動 誤會

10

Semua orang pantas mendapatkan kesempatan kedua.

色目哇 喔狼 班達石 門達吧特感 個色吧但 個度哇

每個人都應該得到第二次的機會。

mendapat 動 得到、獲得

11

Bukan sepenuhnya salahmu, aku juga ada salah.

步感 色笨怒您亞 沙啦目，啊鼓 組尬 啊達 沙啦

不是完全你的錯，我也有錯！

sepenuhnya 形 完全

12

Tidak perlu dibahas lagi, semuanya sudah berlalu.

替達顆 不兒路 迪吧哈石 啦幾，色目哇尼亞 書達 不兒啦路

不用再講了，都過去了！

bahas 動 討論、談

Unit
19 相信

04-19.MP3

01

Dia sangat percaya pada kata-kataku.

迪亞 桑啊特 不兒炸呀 吧達 尬達-尬達鼓

她很相信我說的話。

kata-kata 名 話

02

Aku yakin kamu pasti bisa.

啊鼓 亞近 尬目 吧石迪 比沙

我相信你一定可以。

03

Aku sangat percaya diri.

啊鼓 上啊特 不兒炸亞 迪利

我很有自信。

percaya diri 動 自信

04

Saya yakin kamu bisa melakukan lebih baik lagi.

沙啞 押金 嘎木 比沙 麼拉骨幹 了比 吧一顆 八億

我相信你會做得更好。

yakin 形 肯定、確定

05

Saya sangat percaya kepadamu.

沙啞 上啊 不兒炸亞 個吧達目

我很相信你。

percaya 動 相信

06

Tenang, dia tidak mungkin berbohong.

的囊，迪亞 迪達顆 目嗯近 不兒波洪

放心，他不可能騙人的。

tenang 形 平靜、安靜、安心、放心
berbohong 動 騙

07

Dia pasti akan menepati janjinya.

迪亞 巴石替 啊感 麼呢巴迪 站幾尼亞

他一定會遵守他的承諾。

percaya 動 相信
janji 名 承諾、答應

08

Tolong percaya padaku.

都隆 捕鱷茶芽 把大鼓

請你相信我。

09

Saya selalu percaya padamu.

沙啞 色拉路 捕鱷茶芽 八大目

我一直相信你。

selalu 副 一直都、總是

10

Dia adalah orang yang paling bisa diandalkan.

迪亞 阿大拉 喔讓 楊 巴陵 比薩 迪安打了趕

他是最可靠的人。

adalah 動 是
diandalkan 動 被依賴、被依靠

11

Dia sangat berpoténsi.

迪亞 上啊 不兒波等喜

他很有能力。

berpotensi 動 有能力

12

Dia layak dipercaya.

迪亞 拉雅歌 迪不兒炸亞

他值得被信任。

layak 形 值得
dipercaya 動 被相信

171

Unit
20 懷疑

04-20.MP3

01

Aku tidak percaya.

啊鼓 替達顆 不兒炸亞

我不相信。

percaya 動 相信

02

Kamu sudah terlalu sering berbohong.

尬目 數達 的兒啦路 色零 不兒波洪

你太常說謊了。

berbohong 動 說謊、撒謊、騙

03

Bagaimana bisa aku percaya
kepadamu?

吧該嗎那 比沙 啊鼓 不兒炸亞 個吧達目

我要怎麼相信你？

04

Apakah kamu masih layak dipercaya?

阿爸嘎 嘎木 馬錫 拉雅歌 迪捕鱷茶芽

你還值得我去信任嗎？

layak 形 值得

05

Saya meragukan kemampuannya.

沙啞 麼拉骨幹 克嗎步安尼亞

我懷疑他的能力。

meragukan 動 質疑、懷疑
kemampuan 名 能力

06

Saya curiga kepadanya.

沙啞 助理尬 歌吧達妮亞

我懷疑他。

curiga 形 可疑、懷疑

07

Kamu tidak pernah percaya padaku.

嘎木 迪大可 不餓那 捕鱷茶芽 把大鼓

你從來都沒相信過我。

tidak pernah 形 從來沒有過、不曾

08

Omongan dia sangat tidak masuk akal.

喔摸安 迪亞 上啊特 迪達顆 嗎數顆 啊尬路

他講的話很沒有道理。

omongan 名 話

09

Saya tidak percaya pada kata-kata anéhmu.

沙啞 迪大可 捕鱷茶芽 八大 嘎大-嘎大 阿呢木

我不相信你的鬼話。

kata-kata 名 話
aneh 形 怪、奇怪、怪異

10

Apakah omongan dia bisa dipercaya?

啊巴卡 喔摸安 迪亞 比沙 迪不兒炸亞

他講的話能信嗎？

11

Kamu yakin bisa melakukannya?

嘎木 雅金 比薩 麼拉骨幹那

你確定你可以做嗎？

yakin 形 肯定、確定

12

Sanggupkah kamu melakukannya?

桑股尬 嘎木 麼拉骨幹那

你做得了嗎？

sanggup 形 能、能夠

173

04-21.MP3

01

Aku tidak tahu apa yang harus aku lakukan.

啊鼓 替達顆 達戶 啊吧 楊 哈如石 啊鼓 啦鼓感

我不知道我該做什麼。

tahu 動 知道

02

Bisakah kamu memberiku beberapa masukan?

比薩卡 尬目 麼被力鼓 笨笨啦吧 嗎數感

你可以給我一些建議嗎？

memberi 動 給
beberapa 副 幾個、一些
masukan 名 建議

03

Aku punya idé bagus.

沙啞 不拿 易得 八股色

我有一個很好的想法。

punya 動 有、擁有
ide 名 主意、想法

04

Saya rasa kamu tidak seharusnya begitu.

沙啞 拉沙 尬目 迪達顆 色哈路是尼亞 貝吉度

我覺得你不應該這樣做。

seharusnya 副 應該

05

Saya sarankan kamu untuk memikirkannya sekali lagi.

沙啞 沙欄杆 嘎木 無賭客 麼米契爾幹那 色嘎李 拉起

我建議你再考慮一次。

sekali lagi 副 再一次

06

Kamu sebaiknya menanyakan langsung kepadanya.

尬目 色吧一顆尼亞 麼那尼亞感尼亞 朗頌 個吧達妮亞

你應該直接問他。

sebaiknya 形 應該、最好（是）

07

Terima kasih atas sarannya, akan saya pertimbangkan lagi.

的裡嗎 尬戲 啊達石 沙蘭尼亞，阿甘 沙啞 不兒迪棒感辣雞

謝謝你的建議，我會再考慮的。

08

Mudah-mudahan saran yang aku beri bisa membantumu.

目達-目達寒 沙蘭 一樣 啊鼓 不兒裡 比沙 麼班度目

希望我的建議可以幫助你。

mudah-mudahan 副 希望

09

Menurut aku, lebih baik kamu jangan mempercayai dia lagi.

麼怒路特 啊鼓，了比 吧一顆 尬目 張安 麼不兒炸亞衣迪亞

我覺得，你不要相信他比較好。

lebih baik 形 更好、比較好

10

Kamu harus memberikan dia kesempatan kedua, semua orang bisa berubah.

尬目 哈魯是 麼不兒裡感 迪亞 個色目巴淡 個度哇，色目哇 喔狼 比沙 不兒路吧

你該給他第二次機會，每個人都是會改變的。

kedua 數 第二
berubah 動 改變、變

04-22.MP3

01

Kamu tidak boléh begini.

嘎木 迪達顆 波類 不二基尼

你不可以這樣。

begini 代 這樣子

02

Kamu harus berubah.

尬目 哈魯是 被路吧

你要有所改變。

berubah 動 改變

03

Kamu tidak seharusnya berkata seperti itu.

尬目 替達顆 色哈路是尼亞 不兒尬達 色不兒迪 一度

你不應該那樣講話。

berkata 動 說
seperti 助 像

04

Kamu sangat keterlaluan.

尬目 上啊特 個的兒拉路完

你真的太過份了。

keterlaluan 形 過份

05

Kamu salah.

尬目 沙啦

你做錯了。

salah 形 錯

06

Semua ini salah kamu.

色目哇 一尼 薩啦 尬目

全部都是你的錯。

salah 名 錯

07

Aku tidak percaya kamu bisa berbuat hal seperti itu.

啊鼓 迪達顆 不兒炸亞 嘎木 比薩 不二不阿的 哈 色布爾迪 一度

我不相信你能做出那樣的事。

percaya 動 相信
berbuat 動 做

08

Sifat kamu sangat buruk.

喜法特 尬目 上啊特 步路克

你的性格很不好。

sifat 名 性格
buruk 形 不好的

09

Kamu terlalu tidak berperasaan.

尬目 的兒拉路 迪大可 不二貝拉沙岸

你太沒良心了。

berperasaan 動 有感覺、有心、有良心

10

Kenapa kamu téga menyakiti dia?

個那把 尬目 得嘎 門尼亞起底 迪亞

你怎麼忍心傷害他？

menyakiti 動 傷害

11

Aku tidak habis pikir.

啊鼓 替達顆 哈比石 比記入

真叫我難以置信。

pikir 動 想

12

Aku salah menilaimu.

啊鼓 沙啦 麼你來目

我錯看你了。

menilai 動 評估、判斷

177

04-23.MP3

01

Kamu imut sekali.

嘎木 一目特 色尬力

妳好可愛！

imut 形 可愛

02

Dia sangat sopan.

迪亞 桑啊特 首辦

他很有禮貌。

sopan 形 有禮貌

03

Kamu terlihat cantik dengan gaun itu.

尬目 的兒裡哈特 站迪克 等案 尬舞 一度

妳穿著那件洋裝看起來很美。

terlihat 動 看起來
cantik 形 漂亮
gaun 名 洋裝

04

Dia bukan hanya cantik, tapi juga pintar.

迪亞 布感 寒亞 站迪克，達比 祝尬 儐達如

她不只是漂亮，而且也很聰明。

pintar 形 聰明

05

Kamu terlihat sangat tampan dengan jas itu.

尬目 的兒裡哈特 上啊特 大目班 等案 札石 一度

你穿著那件西裝看起來很帥。

tampan 形 帥
jas 名 西裝外套

06

Orang Indonesia ramah-ramah.

喔讓 因都呢西亞 拉嗎-拉嗎

印尼人都很友善。

Indonesia 名 印尼
ramah 形 友好、友善

07

Walaupun dia sangat terkenal, tetapi dia sama sekali tidak sombong.

哇老不嗯 迪亞 桑啊特 的兒歌那，的達比 迪亞 沙嗎 色尬力 替達顆 送波

雖然他很有名，但他一點都不傲慢。

terkenal 形 有名
sombong 形 傲慢

08

Dia patut dikagumi.

迪亞 把度特 迪尬鼓米

他值得被崇拜。

dikagumi 動 被敬佩、被欣賞、被崇拜

09

Masakan kamu énak sekali!

嗎沙感 尬目 額那個 色嘎李

你做的菜很好吃！

énak 形 好吃

10

Seléra kamu bagus.

色累啦 尬目 巴古石

你的眼光很好。

seléra 名 眼光、品味

11

Suara kamu bagus sekali.

數哇啦 尬目 巴古石 色尬力

你的聲音很好聽。

suara 名 聲音
bagus 形 好的

12

Karisma kamu sangat luar biasa.

尬力是嗎 尬目 上啊特 路哇兒 比婭莎

你有很迷人的魅力。

karisma 名 魅力
luar biasa 形 了不起、很、非常、崢嶸

179

Unit
24 祝福

04-24.MP3

01

Selamat datang.

色拉馬的 達湯

歡迎光臨！

selamat 名 恭喜
datang 動 來

02

Selamat Hari Kasih Sayang.

色拉馬的 哈利 尬喜 沙樣

情人節快樂！

hari 名 天、日

03

Selamat Tahun Baru.

色拉馬的 打混 八路

新年快樂！

tahun 名 年
baru 形 新

04

Selamat Natal.

色拉馬的 拿大了

聖誕節快樂！

Natal 名 聖誕節

05

Selamat ulang tahun.

色拉馬的 物浪 達混

生日快樂！

ulang tahun 動 生日

06

Selamat ulang tahun pernikahan.

色拉馬的 物浪 達混 不二你尬寒

結婚紀念日快樂！

pernikahan 名 婚禮

07

Semoga lekas sembuh.

色某尬 了尬事 森不

祝你早日康復！

semoga 副 希望
sembuh 動 恢復

08

Semoga séhat selalu.

色某尬 色哈德 色拉路

祝你身體健康！

séhat 形 健康

09

Semoga suksés.

色某尬 蘇個誰色

祝你成功！

suksés 形 成功

10

Semoga cepat mendapat momongan.

色某尬 這吧特 門達吧特 末末安

祝你早生貴子！

momong 動 照顧小孩
momongan 名 被照顧的；小孩

11

Semoga usahanya lancar.

色某尬 誤沙哈尼亞 藍雜而

祝你生意興隆！

usaha 名 業務、生意

12

Semoga selamat sampai tujuan.

色某尬 色拉馬的 薩姆百 度祝萬

祝你一路平安！

selamat 形 安全、平安
tujuan 名 目標、目的、目的地

04-25.MP3

01

Semuanya akan segera berlalu.

色目啊尼亞 阿甘 色格拉 布爾拉路

一切很快就會過去的！

semuanya 副 全部
akan 副 將會；通常置於動詞之前。
segera 副 立即
berlalu 動 過去

02

Tenang, semua akan baik-baik saja.

的囊，色目啊 啊感 把一顆-把一顆 沙札

冷靜下來，一切都會沒事的。

tenang 形 平靜、冷靜
baik-baik 形 好好的

03

Semua masalah pasti akan ada jalan keluarnya.

色目啊 嗎沙拉 八色迪 阿甘 阿大 炸爛 個路哇二尼亞

每件事情都一定能得到解決的。

jalan keluar 名 出路、解決方法

04

Jangan putus asa, kegagalan adalah awal dari kesuksesan.

迪大可 阿爸-阿爸，個嘎嘎藍 阿大拉 阿瓦勒 大力 個素色三

別放棄，失敗為成功之母。

putus asa 形 絕望
kegagalan 名 失敗
awal 名 開始、早
kesuksesan 名 成功

05

Kamu pasti akan menjadi lebih baik.

嘎木 不阿瑟迪 阿甘 們查迪 勒斃 八億

你一定能變得更好的！

menjadi 動 變得

06

Aku akan melakukan yang terbaik.

啊鼓 阿甘 麼拉骨幹 楊 的二八一

我會盡全力做最好的。

terbaik 形 最好

07

Jangan takut, kamu pasti bisa.

張阿 打鼓的，尬目 吧是替 比沙

別害怕，你一定可以的！

takut 形 恐懼、怕

08

Jangan khawatir, ada aku disini.

張安 尬哇滴入，阿大 阿姑 迪細膩

別擔心，有我在這！

khawatir 形 擔心

09

Jangan panik, pikirkan dulu baik-baik.

張安 吧你顆，比幾二感 度路 吧一顆-吧一顆

別急，先慢慢想！

pikir 動 想、考慮

10

Dia pasti akan bertemu orang yang bisa menerima dia apa adanya.

迪亞 不阿瑟迪 阿甘 布爾德穆 喔讓 楊 璧沙 麼呢裡嗎 迪亞 啊吧 啊達妮亞

他一定會遇到真誠接受他的人！

menerima 動 接受

11

Aku akan selalu mendoakanmu.

阿姑 阿甘 色拉路 門都啊感目

我會一直為你祈禱。

mendoakan 動 為…祈禱

12

Kamu pantas mendapatkan yang lebih baik.

尬目 半達石 門達把特感 一樣 了比 吧一顆

你應當得到更好的。

pantas 形 值得

04-26.MP3

01

Dia bekerja sangat keras.

迪亞 不二個兒炸 桑啊特 個拉十

他很努力工作。

bekerja keras 形 努力工作

02

Saya kurang suka dengan cara dia bekerja.

沙啞 鼓浪 書尬 等案 炸啦 迪亞 不二哥兒雜

我不太喜歡她的工作方式。

bekerja 動 做工

03

Dia tidak suka bergaul.

迪亞 迪達顆 書尬 不二尬五

她不喜歡交朋友。

bergaul 動 交朋友

04

Masakan ibu adalah makanan terlezat di dunia.

媽沙感 一步 啊達辣 媽尬男 的兒了雜特 迪 度你亞

媽媽做的飯是全世界最好吃的。

masakan 名 做菜
lezat 形 好吃、美味

05

Dia sangat ramah.

迪亞 桑啊特 啦嗎

她很熱情。

ramah 形 熱情

06

Hotél ini sangat mahal.

後得了 一尼 桑啊特 瑪哈樂

這間飯店很貴。

mahal 形 貴
hotél 名 飯店、旅館

07

Kamu sangat berbakat.

尬目 桑啊特 不二吧卡特

你很有才華。

berbakat 動 有才華

08

Aku bangga padamu.

阿姑 幫尬 八大目

我為你感到驕傲。

bangga 形 驕傲

09

Rumah kamu sangat méwah.

路嗎 尬目 桑啊特 美哇

你的房子很豪華。

méwah 形 豪華

10

Mulutmu sangat manis.

目錄德目 桑啊特 馬尼色

你的嘴真甜。

mulut 名 口、嘴巴
manis 形 甜

11

Kamu orang terhébat yang pernah aku temui.

尬目 喔狼 的兒黑吧特 一陽 不二那 啊鼓 的目一

你是我見過最棒的人。

hébat 形 棒

12

Hidangan ini sama sekali tidak énak.

黑當安 旖旎 莎瑪 色嘎李 迪大可 ㄟ那

這道菜一點也不好吃。

hidangan 名 菜
sama sekali 副 根本、一點都…

5

會話課
情境模擬生活會話

Unit 01 寒暄介紹

05-01-01.MP3

 01 打招呼

study 1 常用短句

01. Halo.	嗨。
02. Apa kabar.	你好（最近怎麼樣？）。
03. Baik.	好。
04. **Biasa**① **saja**②.	普通。
05. **Tidak**③ baik.	不好。
06. Masih sama seperti dulu.	老樣子，還跟以前一樣。
07. **Lama**④ tidak **berjumpa**⑤.	好久不見。
08. **Selamat**⑥ **pagi**⑦.	早安。
09. Selamat **siang**⑧.	午安。
10. Selamat **malam**⑨.	晚安。

單字

① biasa-biasa 形 普通普通
② saja 副 而已
③ tidak 副 不
④ lama 形 久、舊
⑤ berjumpa 動 見面、遇見
⑥ selamat 動 恭喜
⑦ pagi 名 早上
⑧ siang 名 中午
⑨ malam 名 晚上、夜晚

文法

★ halo：通常是對同輩、晚輩，及比較熟的人說的。

★ apa kabar：對熟人的問候，問對方最近如何。對初次見面的人通常會直接說早安、午安或晚安。

★ ber- + 字根 = 動詞
ber- 是將名詞、形容詞等詞給動詞化。
例：jamur（香菇）→ berjamur（發霉）
　　jalan（路）→ berjalan（走路）
　　dua（二）→ berdua（兩人）

study2 情境會話

對話1 初次見面

Budi: Halo, siapa nama kamu?   布迪：嗨，妳叫什麼名字？

Tina: Halo. nama aku Tina. Kamu?   蒂娜：嗨，我的名字是蒂娜。你呢？

Budi: Namaku Budi. Senang berkenalan   布迪：我的名字是布迪。很高興認

       denganmu.   識妳。

Tina: Senang berkenalan denganmu.   蒂娜：很高興認識你。

對話2 好久不見

Maya: Bagus, sudah lama tidak bertemu.   瑪雅：巴古石，好久不見。

Bagus: Iya, apa kabar?   巴古石：對啊，最近如何？

Maya: Baik, kamu?   瑪雅：我很好。你呢？

Bagus: Baik.   巴古石：好。

對話3 轉達問候

Andi: Suami kamu apa kabar?   安迪：妳老公最近如何？

Fitri: Suami aku baik.   菲迪：我老公很好。

Andi: Titip salam untuk suami kamu ya.   安迪：請代我向你老公問好。

Fitri: Iya.   菲迪：好。

02 認識他人

study 1 常用短句

01. Senang **berkenalan**① dengan **Anda**②.　很高興認識你。

02. Siapa nama **kamu**③?　你叫什麼名字。

03. Berapa **usia**④ kamu?　你幾歲?

04. Tahun ini **saya**⑤ berusia 17 tahun.　我今年17歲。

05. Kamu orang **mana**⑥?　你是哪裡人?

06. Kamu berasal dari mana?　你來自哪裡?

07. **Aku**⑦ orang indonésia.　我是印尼人。

08. Boléh **minta**⑧ nomor télépon kamu?　可以跟你要電話號碼嗎?

09. Ini **kartu nama**⑨ saya.　這是我的名片。

10. Silahkan **hubungi**⑩ saya jika perlu.　有需要的話，請打給我。

單字

① berkenalan 動 認識
② anda 代 您
③ kamu 代 你
④ usia 名 年紀、年齡
⑤ saya 代（正式）我
⑥ mana 名 哪裡
⑦ aku 代（非正式）我
⑧ minta 動 要求、邀
⑨ kartu nama 名 名片
⑩ hubungi 動 連絡

文法

★ dengan：後接代名詞表示「與、跟」的意思。

★ dengan：後接名詞表示「用」的意思。
例：dengan segenap hati（用全心全意）

★ silakan：後接動詞表示「請您…」的意思。

★ jika：可後接條件式，即「如果…、要是…（的話）」的意思。

study2 情境會話

對話1 介紹朋友

Budi: Tina, ini teman aku Agus.　　　　布迪：蒂娜，這是我朋友阿谷寺。

Tina: Halo, aku Tina.　　　　　　　　蒂娜：嗨，我是蒂娜。

Budi: Agus ini sahabat aku.　　　　　　布迪：阿谷寺是我的好朋友。

Tina: Senang berkenalan denganmu.　　蒂娜：很高興認識你。

對話2 詢問國籍

Budi: Halo, kamu orang mana?　　　　布迪：嗨，你是哪裡人？

Lin: Aku orang Taiwan.　　　　　　　林：我是台灣人。

Budi: Taiwan di kota mana?　　　　　　布迪：台灣的哪座城市呢？

Lin: Taipei.　　　　　　　　　　　　林：台北。

對話3 詢問電話

Nur: Apakah Bapak mau meninggalkan　努兒：先生方便先留個電話嗎？
　　　nomor télépon?

Andi: Boléh. 0854-123-567　　　　　　安迪：可以的，是0854-123-567。

Nur: Baik pak, nanti akan kami hubungi　努兒：好的，我們會再聯絡您。
　　　kembali.

03 介紹

---

study 1 常用短句

01. Nama aku Budianto.	我的名字是布迪安多。
02. **Panggil**① saja Budi.	叫我布迪就好。
03. Aku **kenalin**② **teman**③ aku.	我來介紹我的朋友。
04. Nama dia Tina.	她的名字是蒂娜。
05. Ini teman **sekolah**④ saya.	這位是我的同學。
06. Ini teman **kerja**⑤ saya.	這位是我的同事。
07. Ini **pacar**⑥ saya.	這位是我的男／女朋友。
08. **Sepertinya**⑦ kita pernah bertemu.	我們好像有見過面。
09. **Wajah**⑧ kamu sangat **familiar**⑨.	你看起來面熟。
10. **Perkenalkan**⑩ teman kamu.	請介紹你的朋友。

單字

① panggil 動 叫
② kenalin 動 介紹
③ teman 名 朋友
④ sekolah 名 學校
⑤ kerja 動 工作
⑥ pacar 名 男、女朋友；情人
⑦ sepertinya 副 好像
⑧ wajah 名 臉
⑨ familiar 形 熟悉的
⑩ perkenalkan 動 介紹

文法

★ nama aku：我的名字。可以直接說
  namaku（我的名字）

★ ...ku：前接名詞表示「我的…」
  例：bajuku（我的衣服）
      pacarku（我的情人）

★ nama dia：（他／她／它的名字）
  可以直接說namanya（他／她／它
  的名字）。

★ ...nya：前接名詞表示「他的、她
  的、它的…」之意。另也可以表示
  「這個…、那個…」。
  例：Filmnya bagus（那部電影好看。）

★ pernah：曾經。後接動詞表示「曾
  經…過」。

study2 情境會話

對話1 介紹對象

Budi: Kamu sudah tiga tahun jomblo kan?　　布迪：妳單身已經三年了吧？

Tina: Iya, belum ketemu yang cocok.　　蒂娜：對啊。還沒遇到適合的。

Budi: Kapan-kapan aku kenalin kamu ke teman aku ya. Dia orangnya baik kok.　　布迪：找時間我介紹我的朋友給妳，他的人很不錯。

Tina: Boléh.　　蒂娜：好呀（可以）。

對話2 朋友聚餐

Budi: Ngumpul yuk.　　布迪：我們來聚聚吧！

Tina: Boléh.　　蒂娜：可以啊。

Budi: Tapi aku bawa teman aku ya. Dia orang Taiwan. Nanti aku kenalin ke kamu.　　布迪：可是我帶我朋友喔。他是台灣人。我再介紹給妳。

Tina: Ok. Sampai ketemu nanti siang ya.　　蒂娜：好啊。那下午見喔。

對話3 介紹長輩

Budi: Maya, ini ibu aku.　　布迪：瑪雅，這是我媽媽。

Maya: Halo Tante. Nama saya Maya.　　瑪雅：阿姨妳好。我是瑪雅。

Ibu: Halo Maya. Silakan duduk.　　媽媽：瑪雅妳好。請坐。

Maya: Iya tante. Terima kasih.　　瑪雅：好的阿姨，謝謝。

193

04 道別

05-01-04.MP3

study 1 常用短句

01. Saya harus **pamit**①.	我得走了。
02. Aku pamit **dulu**②.	我先走了。
03. Aku **pulang**③ dulu.	我先回家③。
04. **Sampai**④ **nanti**⑤.	待會兒見。
05. Sampai **jumpa**⑥ lagi.	再見。
06. Sampai jumpa **bésok**⑦.	明天見。
07. Sampai jumpa di Taiwan.	台灣見。
08. **Hati-hati**⑧ di **jalan**⑨.	路上小心。
09. Jaga **keséhatan**⑩.	保重身體。
10. Jangan lupa **kabarin**⑪ aku kalau **sudah**⑫ sampai.	到了別忘記跟我說。

單字

- ① pamit 動 告辭
- ② dulu 名 以前、先
- ③ pulang 動 回去
- ④ sampai 動 到、直、直到…為止
- ⑤ nanti 名 待會兒
- ⑥ jumpa 動 見面
- ⑦ bésok 名 明天
- ⑧ hati-hati 動 小心
- ⑨ jalan 名 路;動 走路
- ⑩ keséhatan 名 健康
- ⑪ kabarin 動 告知;通知
- ⑫ sudah 副 已經

文法

★ harus:置於動詞之前,表示「必須…」進行後續的動作。

★ dulu:置於動詞之後,表示「先…」的意思。

★ di:置於地方、場所詞之前,表示「在…」的意思。
  例:Di sekolah(在學校)。

★ kalau:後接條件句,表示「假如、假使」之意。

★ jangan lupa:置於動詞之前,表現「別忘了…」進行後續的動作。

study2 情境會話

對話1 朋友道別

Agus: Tidak tau kapan kita akan bertemu lagi.

阿谷寺：不知道我們什麼時候再見面。

Fitri: Secepatnya.

菲迪：很快就會再見面的。

Agus: Tetap kontékan ya.

阿谷寺：保持聯絡喔。

Fitri: Pasti.

菲迪：那是一定的。

對話2 機場送別

Fitri: Tina, aku cuma bisa antar sampai di sini.

菲迪：蒂娜，我只能送妳到這裡。

Tina: Yasudah, tidak apa-apa. Makasih banyak ya.

蒂娜：好的，沒關係。謝謝妳喔！

Fitri: Iya. Jaga dirimu baik-baik ya.

菲迪：好。好好照顧自己喔！

Tina: Iya. Kamu juga.

蒂娜：好的。妳也是。

對話3 下班

Nur: Aku harus lembur hari ini.

努兒：我今天得加班。

Budi: Ya sudah, aku bantu kerjaan kamu. Biar cepat selesai.

布迪：好吧，那我幫妳。這樣會比較快弄完。

Nur: Gak usah.

努兒：不用啦！

Budi: Gak apa-apa. Biar nanti kita bisa makan malam bareng.

布迪：沒關係。所以等等我們可以一起吃晚餐。

Unit
02 朋友之間

01 談論家庭

study 1 常用短句

01. **Keluarga**① kamu berapa **orang**②? 　　　你家有幾個人？

02. Keluarga saya ada empat orang. 　　　我家有4個人。

03. Ayah saya adalah seorang **wiraswasta**③. 　　我爸爸是一名企業家。

04. Ibu saya adalah seorang **ibu rumah tangga**④. 我媽媽是一名家庭主婦。

05. Adik saya **kelas**⑤ 2 **SMA**⑥. 　　　　我妹妹是高中二年級。

06. Kamu berapa **bersaudara**⑦? 　　　　你有幾個兄弟姊妹。

07. Saya 3 bersaudara. 　　　　　　　　我有兩個兄弟姊妹。

08. Apakah kamu sudah **menikah**⑧? 　　　你結婚了嗎？

09. Aku sudah **bercerai**⑨. 　　　　　　我離婚了。

10. Kamu punya berapa **anak**⑩? 　　　　你有幾個孩子？

單字

① keluarga 名 家人
② orang 名 人
③ wiraswasta 名 企業家
④ ibu rumah tangga 名 家庭主婦
⑤ kelas 名 班、等級
⑥ SMA (Sekolah Menengah Atas) 名 高中
⑦ bersaudara 動 擁有兄弟姊妹
⑧ menikah 動 結婚
⑨ bercerai 動 離婚
⑩ anak 名 孩子、小孩

文法

★ adalah：是。一般來說，adalah 常
會被省略掉。

★ seorang：一位
se：一⋯。後接量詞使用。
例：segelas（一杯）

★ berapa：副詞，「多少」之意。常
用於詢問數量。
例：Berapa banyak ini?（這個多少錢？）。

★「ada」與「punya」都是「有」的
意思，但是「ada」是表示事物之存
在，但「punya」是指具有擁有權。
例：Di sini ada mobil.（在這裡有台車）。
　　Aku punya mobil.（我（擁）有一台車）

study 2 情境會話

對話1 詢問家庭成員

Tina: Kamu berapa bersaudara?　　　　蒂娜：你有幾個兄弟姊妹？

Bagus: Tiga. Aku punya satu adik　　　　巴古石：三個。我有一個妹妹和一

　　　　perempuan dan satu adik laki-laki.　　　個弟弟。

Tina: Jadi, kamu anak sulung?　　　　蒂娜：那你是老大。

Bagus: Iya.　　　　巴古石：對啊！

對話2 詢問職業

Andi: Apa pekerjaan kamu?　　　　安迪：妳的工作是什麼？

Fitri: Aku adalah guru SD.　　　　菲迪：我是小學老師。

Andi: Kamu suka anak-anak?　　　　安迪：那妳喜歡小孩子吧？

Fitri: Benar. Aku sangat suka anak-anak.　　菲迪：對。我很喜歡小孩子。

對話3 詢問婚姻狀況

Budi: Kamu sudah menikah?　　　　布迪：妳已經結婚了嗎？

Fitri: Aku sudah menikah. Kamu?　　　　菲迪：我結婚了。你呢？

Budi: Aku masih jomblo.　　　　布迪：我還是單身。

Fitri: Kalo begitu nanti aku kenalkan　　　菲迪：那等等我把你介紹給我的朋

　　　　kamu ke teman aku.　　　　　　　友。

02 談論愛好

05-02-02.MP3

study 1 常用短句

01. Apa hobi kamu? 你的愛好是什麼？

02. Saya suka memasak. 我喜歡煮飯。

03. Saya tidak suka membaca buku. 我不喜歡看書。

04. Saya kurang suka olahraga. 我不太喜歡運動。

05. Kamu suka nonton film yang bagaimana? 你喜歡看怎麼樣的電影？

06. Aku suka nonton film komédi. 我喜歡看喜劇。

07. Aku tidak berani nonton film horor. 我不敢看鬼片。

08. Aku hobi makan. 我喜歡吃。

09. Nasi goréng adalah makanan kesukaan saya. 炒飯是我最喜歡的食物。

10. Saya suka makanan yang pedas. 我喜歡吃辣的食物。

文法

★ meN- + 字根則變成動詞化，表示主動進行某事。「meN」裡的「N」是指會隨著字根的第一個字母而有不同的接續詞組。

mem- + b, p, f, v 開頭的字根
例：buang ➜ membuang ＝丟
　　belajar ➜ mempelajari ＝學習

men- + d, j ,t, c 開頭的字根
例：dorong ➜ mendorong
　　tari ➜ menari

meny- + s 開頭的字根
例：simpan ➜ menyimpan

meng- + a, e, i, o, u, g, h, k, kh 開頭的字根
例：antar ➜ mengantar
　　intip ➜ mengintip
　　ulang ➜ mengulang
　　kirim ➜ mengirim
　　khawatir ➜ mengkhawatirkan

menge- + 單音節字根
例：tes ➜ mengetes
　　cek ➜ mengecek

me- + r, l, m, ny 開頭的字根
例：rasa ➜ merasa
　　lindas ➜ melindas
　　minta ➜ meminta
　　nyanyi ➜ menyanyi

study2 情境會話

對話1 詢問喜歡的外語

Budi: Kamu belajar bahasa Indonésia dimana? 布迪：妳在哪裡學印尼語？

Lin: Aku belajar sendiri. 林：我自學的。

Budi: Bahasa Indonésia kamu baik sekali. 布迪：妳的印尼語很好耶！

Lin: Aku sangat suka dengan budaya dan bahasa Indonésia. 林：我很喜歡印尼的文化跟語言。

Budi: Aku juga mau belajar bahasa Mandarin. 布迪：我也想要學中文。

對話2 詢問習慣愛好

Tina: Kamu suka masak gak? 蒂娜：妳喜歡煮飯嗎？

Fitri: Suka. Tapi aku lebih suka buat kué. 菲迪：喜歡，但我比較喜歡做蛋糕。

Tina: Kamu biasanya buat kué apa? 蒂娜：妳平常都做什麼蛋糕呢？

Fitri: Aku suka buat kué brownies. 菲迪：我喜歡做布朗尼蛋糕。

對話3 詢問喜歡的運動

Bagus: Kamu suka main basket gak? 巴古石：你喜歡打籃球嗎？

Andi: Tidak suka. 安迪：不喜歡。

Bagus: Jadi kamu suka olahraga apa? 巴古石：那你喜歡什麼運動？

Andi: Aku suka main sépak bola. 安迪：我喜歡踢足球。

05-02-03.MP3

03 爭吵

study1 常用短句

01. **Jangan**① **berantem**②. 　　不要吵架！
02. Dasar **penipu**③. 　　你這個騙子！
03. Pergi sana **jauh-jauh**④ dari aku. 　　離我遠一點！
04. **Masalah**⑤ sudah diselesaikan **secara**⑥ kekeluargaan. 　　事情已經和平的解決了。
05. Kenapa harus berantem? 　　為什麼要吵架？
06. Jangan **marah-marah**⑦ lagi. 　　不要再生氣了。
07. Ada masalah bisa **dibicarakan**⑧ **baik-baik**⑨. 　　有問題可以好好說。
08. Jangan **menguji**⑩ kesabaran saya. 　　不要挑戰我的耐心。
09. Jangan main **tangan**⑪. 　　不要動手！
10. Berantam tidak ada **gunanya**⑫. 　　吵架是沒有用的。

單字

① jangan 副 不要…、勿…
② berantem 動 吵架、爭吵
③ penipu 名 騙子
④ jauh-jauh 句型 遠一點
⑤ masalah 名 問題
⑥ secara 副 …地、…的
⑦ marah-marah 動 發怒、震怒、發脾氣
⑧ dibicarakan 動 被討論
⑨ baik-baik 副 好好地
⑩ menguji 動 挑戰
⑪ tangan 名 手
⑫ gunanya 詞組 其用處

文法

★ jangan + 動詞／形容詞 = 不要…、勿…
　例：jangan lari（不要跑）
　　　jangan takut（不要怕）

★ ke- + 字根 + -an 有三種用法：
　❶ ke- + 形容詞／動詞 + -an = 名詞化
　例：sabar ➡ kesabaran
　　　寬容／有耐心 ➡ 耐心
　❷ 遇到不好的事
　例：tidur ➡ ketiduran
　　　睡覺 ➡ 睡著（不小心睡著）
　❸ 太…、非常…
　例：lapar ➡ kelaparan
　　　餓 ➡ 太餓

study2 情境會話

對話1 分手

Fitri: Aku baru putus.

菲迪：我剛分手了。

Tina: Kok bisa? Kalian berantem?

蒂娜：怎麼會？你們吵架了？

Fitri: Iya.

菲迪：對。

Tina: Kenapa? Apa masalahnya?

蒂娜：為什麼？發生了什麼問題？

Fitri: Dia marah karena aku melupakan hari ulang tahun dia.

菲迪：他生氣了，因為我忘了他的生日。

對話2 吵架原因

Bagus: Dengar-dengar, semalam kamu berantem sama Andi? Kenapa?

巴古石：聽說你昨晚跟安迪打架了？是怎麼了？

Toni: Iya. Dia menusuk aku dari belakang.

托尼：對啊！他在我背後講我壞話。

Bagus: Serius? Aku tidak menyangka Andi melakukan hal seperti itu.

巴古石：你是說真的嗎？我真不敢相信安迪會做這種事。

對話3 吵架

Tina: Kamu kelihatan sedih sekali. Kenapa?

蒂娜：妳看起來好難過。怎麼了？

Fitri: Iya. Aku berdebat dengan orang tua aku tadi pagi.

菲迪：嗯。今天早上我跟我父母鬥嘴了。

Tina: Karena apa?

蒂娜：為什麼？

Fitri: Aku tidak ingin cerita. Sekarang aku ingin menenangkan diri dulu.

菲迪：我不想說。我現在只想要靜一靜。

201

04 求助

05-02-04.MP3

study 1 常用短句

01. Apa yang bisa saya **bantu**①?　　　　　　我能幫你什麼忙嗎？

02. **Perlu**② **bantuan**③, gak?　　　　　　　有需要幫忙嗎？

03. Tolong bantu aku dong.　　　　　　　　　幫我一下。

04. Bisa tolong bantu aku, gak?　　　　　　　可以請你幫個忙嗎？

05. Tentu saja bisa.　　　　　　　　　　　　當然可以。

06. **Kita**④ **sebagai**⑤ **manusia**⑥ harus　　我們人類一定要互相幫忙。
saling⑦ bantu **membantu**⑧.

07. Saya bisa membantumu.　　　　　　　　　我可以幫你。

08. Saya akan **berusaha**⑨ membantumu.　　　我會盡力幫你。

09. **Terima kasih**⑩ sudah membantu saya.　　謝謝你幫了我。

10. Sudah **seharusnya**⑪.　　　　　　　　　應該的。

單字

① bantu 動 幫忙
② perlu 動 需要
③ bantuan 名 幫助
④ kita 代 我們
⑤ sebagai 助 作為；猶如
⑥ manusia 名 人類
⑦ saling 形 互相
⑧ membantu 動 幫忙
⑨ berusaha 動 試圖；努力、盡力
⑩ terima kasih 句型 謝謝
⑪ seharusnya 助動 應該、理當

文法

★ bisa：「可以、能」的意思。

★ dong：語尾助詞，類似中文的「吧！」或「啊！」

★ gak：是 tidak 簡略的說法，置於句尾，是「…嗎？」的意思。

★ tolong：置於動詞之前，是「請…」的意思。

★ -mu：接續在某動詞之後，表示「對你（做前所述動詞）」的意思。
例：Saya akan memberitahumu.（我會告訴你）。

★ akan：置於一段行為之前，表示即將要做的動作，為「將…」之意。等同英文的「will」。

study2 情境會話

對話1 拿東西

Budi: Tas kamu kelihatannya berat sekali. 布迪：妳的包包看起來很重。

Tina: Iya. Aku bawa laptop. 蒂娜：對啊。我有帶筆記本電腦。

Budi: Untuk apa? Sini aku bawain tas kamu. 布迪：妳帶那個要做什麼？來，我幫你拿包包。

Tina: Nanti aku mau présentasi. Makasih. 蒂娜：我等等要報告。謝啦。

對話2 借東西

Tina: Boléh pinjam HP kamu sebentar, gak? 蒂娜：我可以借一下你的手機嗎？

Fitri: Untuk apa? 菲迪：妳要做什麼？

Tina: Aku lupa bawa HP. Aku mau télépon mama aku. 蒂娜：我忘了帶手機。我要打電話給我媽媽。

Fitri: Oh, boléh. Ini silahkan. 菲迪：喔，可以！請用。

Tina: Makasih. 蒂娜：謝啦。

對話3 買東西

Tina: Oh iya, kamu bésok mau jalan-jalan ke Taiwan ya? 蒂娜：對了，妳明天要去台灣玩吼？

Fitri: Iya. 菲迪：對啊。

Tina: Boléh tolong belikan kué nenas, gak? Aku suka banget sama kué nanas Taiwan. 蒂娜：可以幫我買鳳梨酥嗎？我很喜歡台灣的鳳梨酥。

Fitri: Boléh. Nanti aku belikan. Iya, dengar-dengar kué nanas Taiwan énak banget. 菲迪：可以啊。等我到了之後幫妳買。嗯，聽說台灣的鳳梨酥很好吃。

203

Unit

03 電話交流

01 家庭電話

study 1 常用短句

01. Aku **tunggu**① télépon darimu. 　　　　我在等你的電話。
02. Kenapa kamu gak télépon aku? 　　　　你為什麼沒有打給我？
03. Tadi ada **télépon**② untuk aku, gak? 　　剛剛有沒有我的電話？
04. **Suara**③ kamu putus-**putus**④. 　　　　你的聲音斷斷續續的。
05. Suara kamu **terlalu**⑤ **kecil**⑥. 　　　　你的聲音太小了。
06. Aku gak **kedengaran**⑦. 　　　　　　我聽不到。
07. **Sinyal**⑧ **jelek**⑨. 　　　　　　　　訊號不好。
08. **Télépon**nya⑩ sedang **berbunyi**⑪. 　　電話在響。
09. Aku gak sempat angkat télépon. 　　　　我來不及接電話。
10. Tolong angkat télépon. 　　　　　　　幫忙接一下電話。

單字

① tunggu 動 等、等候
② télépon 動 打電話
③ suara 名 聲音
④ putus 動 斷
⑤ terlalu 副 太
⑥ kecil 形 小
⑦ kedengaran 動 聽得見
⑧ sinyal 名 訊號、收訊
⑨ jelek 形 壞、差
⑩ télépon 名 電話
⑪ berbunyi 動 （鈴）響

文法

★ kenapa：置於一段疑問內容之前，
　為「為什麼？」的疑問詞。

★ tadi：置於一段敘述句之前，表示
　這段內容發生至今的時間不長，為
　「剛剛、剛才」之意。

★ untuk：分別可後接代名詞為「給」或
　後接某個目的成為「為了」的意思。

★ tidak sempat：通常置於動詞之
　前，表示「來不及…」之意。

★ sedang：通常置於動詞之前，表示
　「正在…」之意。

study2 情境會話

對話1 接聽電話

Budi: Halo? Apa benar ini rumahnya Tina? 布迪：喂？請問這裡是蒂娜的家嗎？

Tina: Iya benar. Dengan siapa ya? 蒂娜：對。請問是哪位呢？

Budi: Ini Budi. 布迪：我是布迪。

Tina: Oh, Budi. Kenapa Bud? 蒂娜：喔，布迪。怎麼了？

Budi: Aku mau kasih tau kamu kalau kelas kita besok diliburkan. Karena Pak Toni jatuh sakit. 布迪：我要告訴妳，我們明天停課。因為托尼老師生病了。

對話2 占線

Budi: Akhirnya! 布迪：終於！

Tina: Akhirnya? Maksudnya? 蒂娜：終於？終於怎麼了？

Budi: Dari tadi aku télépon tapi télépon kamu sibuk terus. 布迪：我從剛剛一直打給你，但妳的電話一直占線。

Tina: Maaf. Tadi aku lagi télépon sama mama aku. 蒂娜：不好意思，我剛剛在跟我媽媽講電話。

對話3 對方回電

Budi: Halo Andi? Tadi kamu télépon aku ya? 布迪：喂！安迪？你剛剛打給我嗎？

Andi: Iya. 安迪：對啊。

Budi: Kenapa? Tadi aku pergi makan malam. 布迪：怎麼了？我剛剛去吃晚餐。

Andi: Gak jadi deh. Awalnya mau ajak kamu makan malam bareng. Tapi kamu sudah makan. 安迪：沒事了。本來要約你一起去吃頓晚餐。但是你已經吃過了。

Budi : Maaf. Tadi aku lupa bawa HP. 布迪：不好意思。我剛剛忘了帶手機。

02 工作電話

05-03-02.MP3

study1 常用短句

01. Mau **cari**① siapa ya? 要找哪位呢？

02. Ada télépon untuk Anda. 有你的電話。

03. Bisa tolong **disambung**② ke **bagian**③ **pemasaran**④? 可以幫忙轉接到行銷部嗎？

04. Mohon **ditunggu**⑤ sebentar. 請稍等一下。

05. Bisa **bicara**⑥ dengan bapak Toni? 可以幫我接托尼先生嗎？

06. **Kebetulan**⑦ bapak Toni sedang tidak di tempat. 托尼先生剛好不在位子上。

07. Nanti akan saya **sampaikan**⑧ kepada bapak Toni. 我會轉達托尼先生。

08. Ini dengan siapa? 這位是哪位呢？

09. Nanti akan saya hubungi lagi. 我會再聯絡您。

10. Mohon hubungi **kembali**⑨ **setengah**⑩ **jam**⑪ lagi. 請半小時後再打過來。

單字

① cari 動 找
② sambung 動 接續、繼續
③ bagian 名 部分；部
④ pemasaran 名 行銷
⑤ tunggu 動 等、等候
⑥ bicara 動 討論、說
⑦ kebetulan 名 剛好
⑧ sampaikan 動 轉達
⑨ kembali 動 回
⑩ setengah 形 半、一半
⑪ jam 名 小時

文法

★ mau：置於動詞前，指有意進行後述的動作，為「（想）要」之意。
例：Aku mau memelihara seekor anjing.（我想要養一條狗。）

★ di- +字根 = 被動形的表現
例：Toni makan kué（托尼吃蛋糕）
Kué dimakan Toni（蛋糕被托尼吃）

★ ke：指將前述動作轉進於目標位置、地點等之前，是「到」的意思。

★ mohon：是婉轉地要求他人進行後述的動作或事項，為「請、請求」的意思。

study2 情境會話

對話1 接通電話

Andi: Halo? Apa benar ini kantor pemasaran Apartemén Pantai Indah?

安迪：喂？請問這是美麗島公寓房屋（仲介）嗎？

Doni: Benar. Ada yang bisa saya bantu, Bapak?

多尼：是的。請問有什麼可以幫您的嗎？

Andi: Saya mau tanya-tanya harga apartemén.

安迪：我想要問公寓的房價。

Doni: Baik bapak. Apartemén berapa kamar yang sedang bapak cari?

多尼：好的，您在找幾間房間的公寓呢？

對話2 對方不在

Andi: Halo? Bisa bicara dengan bapak Toni?

安迪：喂？可以幫我接托尼先生嗎？

Fitri: Maaf Bapak. Kebetulan bapak Toni sedang tidak di tempat. Jika boléh tau, ini dengan Bapak siapa?

菲迪：先生，不好意思。托尼先生剛好不在位子上。方便請教您是哪裡找嗎？

Andi: Dengan Andi.

安迪：我是安迪。

Fitri: Baik Bapak Andi. Nanti akan saya sampaikan ke bapak Toni untuk menghubungi Bapak kembali.

菲迪：好的，安迪先生。我會傳達給托尼先生，請他回電給您。

Andi: Terima kasih.

安迪：謝謝您。

對話3 轉接電話

Andi: Halo? Apa bapak Toni ada di tempat?

安迪：喂？請問托尼先生在嗎？

Fitri: Ada.

菲迪：有，他在。

Andi: Boléh tolong disambungkan ke bapak Toni?

安迪：請問可以幫我轉接給他嗎？

Fitri: Dengan Bapak siapa ini?

菲迪：請問您是哪位呢？

Andi: Andi.

安迪：我是安迪。

Fitri: Baik Bapak Andi. Akan saya sambungkan ke bapak Toni. Mohon ditunggu sebentar.

菲迪：好的，安迪先生。我幫你轉接給托尼先生。請您稍等一下。

03 通話問題

05-03-03.MP3

study 1 常用短句

01. **Nomor**① yang anda hubungi sedang **sibuk**②. 您撥的電話通話中。

02. Nomor yang anda hubungi sedang **tidak aktif**③. 您撥的電話關機中。

03. Nomor yang anda hubungi tidak **terdaftar**④. 你撥的電話是空號。

04. Nomor yang anda hubungi tidak men**jawab**⑤. 你撥的電話無人接聽。

05. Nomor yang anda tuju tidak bisa dihubungi. 你撥的電話無人回應。

06. Maaf, saya **salah**⑥ **sambung**⑦. 不好意思，我打錯了。

07. Maaf, sepertinya anda salah sambung. 不好意思，你好像打錯了。

08. **Pulsa**⑧ saya **habis**⑨. 我的電話餘額沒了。

09. Tidak ada yang **angkat**⑩ télépon. 沒人接電話。

10. Tidak bisa dihubungi. 聯絡不上。

單字

① nomor 名 號碼
② sibuk 形 忙
③ tidak aktif 句型 （電話）關機
④ terdaftar 動 註冊
⑤ jawab 名 回答
⑥ salah 名 錯誤
⑦ sambung 動 連繫
⑧ pulsa 名 脈搏；（電話）額度
⑨ habis 動 結束
⑩ angkat 動 接（電話）

文法

★ yang：置於一個名詞及一個句子之間，表示「前方的名詞屬於後方的句子的所屬關係」，類似中文的「的」的意思。
例：Mangga yang dibeli di pasar ini sangat mahal.（在這個市場裡買的芒果很貴。）

當 yang 後接形容詞時，通常是加強語氣的意思。
例：Saya tidak suka kursi yang kuning.（我不喜歡黃色的椅子。）

★ sepertinya：置於一個敘述句之前，說明看似是該句所述的狀況，為「好像…；似乎…」的意思。

study2 情境會話

對話1 打錯電話

Andi: Halo? Apa benar ini rumahnya Tina?

安迪：喂？請問這裡是蒂娜的家對嗎？

Fitri: Tina? Tina siapa ya?

菲迪：蒂娜？哪個蒂娜啊？

Andi: Tina Agustina.

安迪：蒂娜，阿谷士蒂娜。

Fitri: Maaf, Anda salah sambung.

菲迪：不好意思，你打錯了。

Andi: Maaf.

安迪：喔，不好意思。

對話2 聽不清楚

Tina: Halo? Halo? Halo?

蒂娜：喂？喂？喂？

Andi: Maaf, suara kamu terlalu kecil. Aku gak kedengaran.

安迪：不好意思。妳的聲音太小了。我聽不到。

Tina: Halo? Sudah kedengaran belum?

蒂娜：喂？聽到了沒？

Andi: Halo? Aku tidak kedengaran. Suara kamu bisa lebih besar gak?

安迪：喂？我聽不到。妳的聲音可以大聲一點嗎？

對話3 電話故障

Tina: HP aku sepertinya rusak.

蒂娜：我手機好像壞了。

Andi: Kok bisa?

安迪：怎麼會這樣？

Tina: Dari tadi ada télépon masuk, tapi tidak ada suara.

蒂娜：從剛剛有電話進來，但都沒聲音。

Andi: Jangan-jangan karena ketumpahan minuman kemarin waktu di kafé.

安迪：是不是因為昨天在咖啡廳的時候，你把飲料打翻在手機上造成的？

Tina: Oh iya! Bisa jadi.

蒂娜：對吼！有可能。

209

01 約會

study 1 常用短句

01. Bésok aku mau **kencan**①. 　　　　　　　我明天要約會。

02. **Nanti**② **malam**③ aku **jemput**④ di rumah 　晚上我去妳家載妳喔。
kamu.

03. Bésok kamu ada **waktu**⑤ gak? 　　　　　你明天有空嗎？

04. Kita pergi kencan yuk. 　　　　　　　　我們去約會吧！

05. Kamu mau **temanin**⑥ aku **belanja**⑦ gak? 你要不要陪我逛街？

06. Nanti malam kita makan malam 　　　　晚上我們一起吃晚餐好不好？
bareng⑧ ya?

07. **Réstoran**⑨ ini sangat **romantis**⑩. 　　　這間餐廳很浪漫。

08. Aku mau kenalin kamu ke keluarga aku. 我要把你介紹給我家人。

09. Aku tunggu kamu di depan réstoran. 　　我在餐廳外面等你。

10. Malam minggu nanti kita pergi nonton yuk. 這禮拜六晚上我們去看電影吧！

單字

① kencan 動 約會
② nanti 名 以後、不久後；等一下
③ malam 名 晚上、夜晚
④ jemput 動 接送（人）
⑤ waktu 名 時間
⑥ temanin 動 陪
⑦ belanja 動 購物、買東西、逛街
⑧ bareng 動 （口語化）一起
⑨ réstoran 名 餐廳
⑩ romantis 形 浪漫

文法

★ yuk：通常置於句首或句尾做修飾。
表示「邀約、走吧…」。

★ iya：對、好。

★ ya：通常放在句子最後面來做修
飾。表示「問句、對不對、好不
好」。

★ nonton：看
*等於英文的 Watch。通常只講
「nonton」就是表示「看電影」。如果
看別的得放名詞在它後面。
例：nonton konser（看演唱會）

study 2 情境會話

對話1 邀約

Andi: Nanti malam kamu ada waktu gak?   安迪：妳晚上有空嗎？

Desi: Ada, kenapa?   德西：有啊。怎麼了？

Andi: Aku mau ajak kamu makan malam bareng.   安迪：我想約妳一起去吃晚餐。

Desi: Tapi aku lagi diét.   德西：可是我在減肥耶！

Andi: Diétnya bésok aja. Ayolah.   安迪：明天再減肥好了。走啦！

Desi: Yasudah déh.   德西：好吧！

對話2 喝咖啡

Andi: Kamu suka ngopi gak?   安迪：妳喜歡喝咖啡嗎？

Desi: Suka. Aku setiap hari harus minum kopi. Kalau tidak, kepala aku bisa sakit.   德西：喜歡。我每天一定要喝咖啡。不然我會頭痛。

Andi: Kalo gitu kapan-kapan kita ngopi bareng yuk.   安迪：那改天我們一起去喝咖啡吧。

Desi: Boléh.   德西：可以啊。

對話3 看電影

Andi: Kamu suka nonton film horor kan?   安迪：妳喜歡看恐怖片吧？

Desi: Iya.   德西：對。

Andi: Di bioskop ada film horor baru. Ini aku sudah beli tikétnya. Bésok aku tunggu kamu di depan bioskop ya.   安迪：電影院有新出的恐怖片。這個票我已經買好了。明天我在電影院外面等妳喔！

Desi: Ok.   德西：好的。

02 重要日子

study1 常用短句

01. Hari ini aku **ulang tahun**①.　　　　今天是我的生日。

02. Nanti malam datang ke pésta ulang tahun aku ya.　　晚上來我的生日派對喔！

03. Aku akan **menikah**② tahun depan.　　我明年要結婚。

04. Aku akan undang kamu ke **pésta**③ **pernikah**anku④.　　我會邀請你來我的婚禮。

05. Hari ini adalah ulang tahun pernikahan orangtuaku.　　今天是我父母的結婚紀念日。

06. Kemarin istri aku **melahirkan**⑤.　　我老婆昨天生小孩。

07. Terima kasih atas **ucapan selamat**nya⑥.　　謝謝你的祝福。

08. Terima kasih **hadiahnya**⑦.　　謝謝你的禮物。

09. Aku sangat menghargainya.　　我很珍惜（他／它）。

10. Saya mau beli **kado**⑧ untuk teman saya Yang sedang berulang tahun.　　我要買禮物給我生日的朋友。

單字

① ulang tahun 名 生日
② menikah 動 結婚
③ pesta 名 派對
④ pernikahan 名 婚禮
⑤ melahirkan 動 生小孩、生產
⑥ ucapan selamat 名 祝福
⑦ hadiah 名 禮物
⑧ kado 名 禮物

文法

★ meN- + 字根 + -i = 變成動詞。用法如下：

❶ 給⋯
例：memberi nasihat = menasihati
　　給　　建議　　= 給予建議
　　memberi warna = mewarnai
　　給　　顏色　　= 染色

❷ meN- + 字根 +i，該「i」代替介系詞
例：hadir + pada　　= menghadiri
　　出席　空間介詞　= 出席

study 2 情境會話

對話1 過生日

Andi: Kapan pacar kamu ulang tahun?

安迪：你的女朋友什麼時候生日？

Bagus: Minggu depan.

巴古石：下禮拜。

Andi: Kamu mau bawa dia ke mana?

安迪：你要帶她去哪裡渡過？

Bagus: Aku mau bawa dia piknik dan makan malam di réstoran bintang lima.

巴古石：我要帶她去野餐，還要去五星級餐廳吃晚餐。

對話2 參加婚禮

Bagus : Bulan Agustus aku akan menikah. Aku mau undang kamu ke pernikahan aku.

巴古石：我8月要結婚了。我要邀請你來我的婚禮。

Andi : Selamat! Bulan Agustus tanggal berapa?

安迪：恭喜！8月幾號？

Bagus : Tanggal 5. Kamu bisa datang gak?

巴古石：5號。你會來嗎？

Andi : Pasti! Aku pasti pergi!

安迪：一定！我一定會去！

對話3 送禮物

Bagus: Pacar aku ulang tahun minggu depan. Aku bingung mau beli hadiah apa untuk dia.

巴古石：我女朋友下禮拜生日。我不知道要買什麼給她。

Andi: Hobi pacar kamu apa?

安迪：你女朋友的愛好是什麼？

Bagus: Dia suka foto.

巴古石：她喜歡拍照。

Andi: Kalau begitu, belikan saja dia kaméra. Dia pasti senang sekali.

安迪：那麼，你買相機給她好了。她一定很高興。

03 休閒

study 1 常用短句

01. Kamu **suka**① nonton gak? 　你喜歡看電影嗎？

02. Kamu suka nonton film yang 　你喜歡看什麼樣的電影？
bagaimana?

03. Aku suka nonton **sérial drama**②. 　我喜歡看連戲劇。

04. Biasanya apa yang kamu lakukan 　有休閒時間的時間你平常喜歡做什麼？
di **waktu senggang**③?

05. Aku suka **olahraga**④, terutama 　我喜歡運動，尤其是足球。
sépak bola⑤.

06. Aku suka jalan kaki. 　我喜歡走路。

07. Setiap hari aku jalan kaki ke sekolah. 　我每天走路去學校。

08. Aku suka membuat kué saat waktu 　有休閒時間的時候我喜歡做蛋糕。
senggang.

09. Setiap **liburan**⑥ aku selalu pulang 　每次放假我都回我父母家。
ke rumah orangtuaku.

10. Aku sering pergi karaoké **bersama**⑦ 　我常常跟我朋友去唱卡拉OK。
teman-temanku.

單字

① suka 動 喜歡
② sérial drama 名 連續劇
③ waktu senggang 名 休閒時間
④ olahraga 名 運動、 動 做運動
⑤ sepak bola 名 足球
⑥ liburan 名 假期
⑦ bersama 動 一起

文法

★ ke：到。通常置於地名的之前。

★ sering：常常。通常置於動詞之前。

★ -ku：緊接於某名詞之後，表示屬於
自己的所有格，即「我的」之意。

study2 情境會話

對話1 生活習慣

Fitri: Kamu tiap hari masak sendiri?

菲迪：妳每天都自己煮飯喔？

Tina: Iya. Makanan luar kurang séhat.

蒂娜：對啊。 外食不太健康。

Fitri: Gak capék?

菲迪：妳不會累嗎？

Tina: Aku sudah biasa. Tapi biasanya
setiap hari Minggu aku gak masak,
aku makan di luar.

蒂娜：我已經習慣了。可是通常每
個星期日我不會煮飯，我會
在外面吃。

對話2 體育運動

Toni: Kamu suka olahraga gak?

托尼：妳喜歡運動嗎？

Desi: Gak suka. Kamu?

德西：不喜歡。你呢？

Toni: Aku suka. Apalagi berenang.
Biasanya aku pergi berenang
seminggu 3 sampai 4 kali.

托尼：我喜歡。尤其是游泳。我通
常一個禮拜會去游泳大概三
到四次。

Desi: Rajin sekali kamu.

德西：你太有毅力了。

對話3 看電視

Tina: Kamu suka nonton TV ya?

蒂娜：妳喜歡看電視喔？

Fitri: Iya. Tapi aku cuma suka nonton
berita.

菲迪：對啊。但我只喜歡看新聞。

Tina: Kamu gak suka nonton sinétron?

蒂娜：妳不喜歡看連續劇嗎？

Fitri: Engga. Menurut aku itu gak ada
gunanya.

菲迪：不喜歡。我覺得花時間看連
續劇太浪費人生了。

Tina: Benar juga sih.

蒂娜：也對啦。

215

Unit
05 日常生活

05-05-01.MP3

 01 時間

study 1 常用短句

01. **Jam**① berapa **sekarang**②? — 現在幾點了？
02. Jam sepuluh **léwat**③ empat puluh Lima **menit**④. — 10點45分。
03. Jam sebelas **kurang**⑤ lima belas menit. — 再15分鐘11點（11點少15分鐘）。
04. Jam dua belas siang. — 中午12點。
05. Jam **makan siang**⑥. — 午餐時間。
06. Jam lima sore. — 下午5點。
07. **Tepat**⑦ jam tujuh malam. — 晚上7點整。
08. Aku lupa **memakai**⑧ jam tangan. — 我忘記帶手錶了。
09. **Dilarang**⑨ terlambat. — 不許遲到。
10. Harus sampai **tepat waktu**⑩. — 必須準時到。

單字

① jam 名 時間、小時；時鐘
② sekarang 名 現在
③ léwat 形 過、超過
④ menit 名 分（鐘）
⑤ kurang 形 負
⑥ makan siang 動 午餐、午飯
⑦ tepat 形 …整；剛好
⑧ memakai 動 用、戴、穿
⑨ dilarang 動 不准、不許
⑩ tepat waktu 形 準時

文法

★ kurang：負、差、少。可前接小時，後接分鐘。表示「差（…分鐘）（…點）」
例：jam 3 kurang 10 menit
（差10分鐘3點）

★ tepat：後接時間，表示「…點整」。

study2 情境會話

對話1 詢問時間

Andi: Sekarang sudah jam berapa?   安迪：現在幾點了？

Fitri: Jam enam soré.   菲迪：下午六點。

Andi: Réservasi réstoran jam tujuh kan?   安迪：剛剛餐廳是訂七點的對吧？

Fitri: Iya.   菲迪：對。

對話2 約見面

Bagus: Nur, siang nanti kamu sudah ada   巴古石：努兒，妳中午有約了嗎？
janji belum?

Nur: Belum. Kenapa?   努兒：沒有。怎麼了？

Bagus: Makan siang sama-sama yuk.   巴古石：一起吃午餐吧。

Nur: Boléh. Kalau begitu jam dua belas   努兒：可以。那十二點門口見囉！
kita ketemu di gerbang ya.

對話3 遲到

Nur: Kamu kenapa telat?   努兒：你為什麼遲到了？

Bagus: Maaf, tadi aku telat bangun.   巴古石：不好意思。我剛剛睡過頭了。

Nur: Kamu sudah telat setengah jam.   努兒：你遲到了三十分鐘了。

Bagus: Maaf. Lain kali aku pasti tepat   巴古石：抱歉，下次我一定準時到。
waktu.

217

02 節日

study 1　常用短句

01. **Hari**① ini hari apa?　　　　　　今天星期幾？／
今天是什麼日子？

02. Bésok **tanggal**② berapa?　　　　明天是幾號？

03. Bulan depan **bulan**③ apa?　　　下個月是幾月？

04. **Kapan**④ **libur**⑤?　　　　　　什麼時候放假？

05. Malam ini Malam **Kudus**⑥.　　　今晚是平安夜。

06. Bésok hari Natal.　　　　　　　明天是聖誕節。

07. Kamu kapan ulang tahun?　　　你什麼時候生日？

08. Lebaran **tahun**⑦ ini **jatuh**⑧ di bulan apa?　今年的開齋節是幾月？

09. Bulan puasa **banyak**⑨ réstoran yang tidak buka.　齋戒月很多餐廳沒開。

10. Hari ini orang Bali **merayakan**⑩ hari Nyepi.　今天峇里島人在慶祝寧靜日。

單字

① hari 名 日、天
② tanggal 名 日期
③ bulan 名 月、月亮
④ kapan 代 何時、什麼時候
⑤ libur 名 休假、假期；動 放假
⑥ kudus 形 神聖的
⑦ tahun 名 年
⑧ jatuh 動 落（在）…
⑨ banyak 形 多
⑩ merayakan 名 慶祝

文化 這些節日用印尼語這樣說：

Malam Imlek 名 除夕
Malam Tahun Baru 名 元旦
Tahun Baru 名 新年
Tahun Baru Imlek 名 農曆新年
Hari Ibu 名 母親節
Hari Ayah 名 父親節
Malam Kudus 名 平安夜
Hari Natal 名 聖誕節
Bulan Puasa 名 齋戒月
Lebaran 名 開齋節
Hari Nyepi 名 寧靜日

study2 情境會話

對話1 詢問節日、假日

Andi: Libur lebaran nanti kamu mau ke mana?

安迪：這次的開齋節你有要去哪裡嗎？

Bagus: Aku mau pulang ke Surabaya mencari keluargaku. Kamu?

巴古石：我要回去泗水找我的家人。你呢？

Andi: Aku mau membawa orang tuaku jalan-jalan ke Bali.

安迪：我要帶我父母去峇里島玩。

對話2 詢問日期

Bagus: Hari ini tanggal berapa?

巴古石：今天幾號？

Tina: Tanggal 2 Séptémber.

蒂娜：9月2號。

Bagus: Kalau begitu, bésok ulang tahun kamu ya?

巴古石：那麼明天是妳的生日？

Tina: Iya.

蒂娜：對。

Bagus: Aku hampir saja lupa.

巴古石：我差點就忘記了。

對話3 詢問星期

Andi: Bésok hari apa?

安迪：明天星期幾？

Tina: Bésok hari Senin.

蒂娜：明天星期一。

Andi: Aku kira bésok hari Minggu.

安迪：我以為明天是星期天。

Tina: Bésok harus sekolah.

蒂娜：明天得去上課。

03 起床

05-05-03.MP3

05-05-03.MP3

study 1 常用短句

01. Saya **bangun**① jam 7 pagi. 　　　　我早上7點起床。

02. Saya suka bangun pagi. 　　　　我喜歡早起。

03. Adikku **selalu**② bangun siang. 　　　　我妹妹總是晚起。

04. **Jam wéker**③ saya tidak **bunyi**④. 　　　　我的鬧鐘沒響。

05. Aku **telat**⑤ bangun. 　　　　我睡過頭。

06. Aku bangun terlalu pagi. 　　　　我起得太早了。

07. Setelah **bangun**⑥ **tidur**⑦, aku selalu **mandi**⑧. 　　我總是在起床後去洗澡。

08. Aku selalu **sarapan**⑨ sebelum **keluar**⑩ rumah. 　　我總是在出門前吃早餐。

09. Setiap pagi ibuku selalu **membangunkan**ku⑪. 　　每天早上我媽媽總是叫我起床。

10. Aku selalu bangun sendiri. 　　　　我都自己起床。

（單字）

① bangun 動 起床
② selalu 副 總是
③ jam wéker 名 鬧鐘
④ bunyi 名 （鐘）響、聲響、聲音
⑤ telat 形 遲
⑥ bangun 動 醒來
⑦ tidur 動 睡覺
⑧ mandi 動 洗澡
⑨ sarapan 動 吃早餐
⑩ keluar 動 出、出去
⑪ membangunkan 動 叫醒

（文法）

★ meN + 字根 + -kan：表示「把…變得…」、「讓人…」、「（為了某人，替某人）做…」

例：

1. membuat~bosan = membosankan
　 讓…　　 無聊 ＝ 讓人感到無聊

2. memanggil~untuk = memanggilkan
　 叫　　　為 ＝ 為…叫

3. membuat~senang = menyenangkan
　 令人…　 開心 ＝ 令人開心

study2 情境會話

對話1 叫醒

Ibu: Budi! Ayo bangun! Sudah siang.	媽媽：布迪！起床！已經很晚了。
Budi: Lima belas menit lagi Bu.	布迪：再讓我睡15分鐘啦！媽。
Ibu: Tidak! Bangun sekarang! Ayo!	媽媽：不行！現在馬上起床！快點！
Budi: Sekarang kan baru jam 9 Bu.	布迪：現在才9點鐘耶。

對話2 洗澡

Ibu: Budi! Cepat mandi!	媽媽：布迪！趕快去洗澡！
Budi: Malas Bu. Dingin.	布迪：我懶得去！好冷！
Ibu: Jorok sekali kamu! Kalau tidak mandi, kamu tidak boleh sarapan.	媽媽：你髒死了！不洗澡的話你就不准吃早餐。
Budi: Iya iya.	布迪：好啦好啦！

對話3 早餐

Budi: Sarapan hari ini apa Bu?	布迪：媽，今天的早餐是什麼？
Ibu: Nasi goréng.	媽媽：炒飯。
Budi: Ha? Pagi-pagi begini makan nasi goréng. Apa gak terlalu berat Bu?	布迪：哈？這麼早就吃炒飯？會不會吃得口味太重了點啊？
Ibu: Tidak apa-apa. Biar kenyang sampai siang.	媽媽：沒關係。這樣才可以飽到中午。

Unit
06 餐廳用餐

05-06-01.MP3

01 預約

study 1 常用短句

01. Saya mau **réservasi**① tempat.	我要訂位。
02. Kami **total**② ada sepuluh orang.	我們一共有10位。
03. Mau réservasi jam berapa?	請問要預約幾點呢？
04. Untuk berapa orang?	請問要訂幾位呢？
05. Maaf, kami sudah **penuh**③.	不好意思，我們已經滿了。
06. Saya mau **membatalkan**④ réservasi.	我要取消預約。
07. Saya mau pesan **ruangan**⑤ **VIP**⑥.	我要訂包廂。
08. Réservasi atas nama siapa?	請問（預約）的貴姓大名是…？
09. Ada **struknya**⑦ gak?	請問有發票嗎？
10. Saya mau méja **dékat**⑧ **jendéla**⑨.	我要靠窗的位子。

單字

① réservasi 動 預約、訂
② total 名 一共
③ penuh 形 滿
④ membatalkan 動 取消
⑤ ruangan 名 室、房間
⑥ VIP 名 貴賓
⑦ struk 名 收據
　struknya 詞組 其收據、他的收據、
　你的收據
⑧ dékat 形 近、靠近
⑨ jendéla 名 窗戶

文法

★ untuk：後接名詞、代詞表示
　「給…」、「為…」、「替…」的
　意思。

★ sudah：後接動詞或名詞表示「已
　經…」的意思。

★ atas＋人名／人稱／機構名等：就
　是指提示是以（人名／人稱／機構
　等）為名義的意思。

study2 情境會話

對話1 打電話訂位

Dini: Halo, Restoran Jakarta. Dengan Dini disini, ada yang bisa saya bantu?

迪妮：雅加達餐廳，您好。我是迪妮，請問有什麼可以為您服務的嗎？

Andi: Saya mau réservasi tempat untuk bésok malam jam tujuh.

安迪：我要預約明天晚上7點。

Dini: Réservasi untuk berapa orang, Bapak?

迪妮：請問先生要預約幾位呢？

Andi: Dua orang.

安迪：兩位。

Dini: Réservasi atas nama siapa Pak?

迪妮：請問預約大名是？

Andi: Andi.

安迪：安迪。

Dini: Réservasi dua orang untuk bésok malam jam tujuh atas nama pak Andi ya?

迪妮：預約明天晚上7點兩位，對嗎？

Andi: Benar.

安迪：對。

Dini: Siap Bapak Andi. Sudah kami bantu réservasi. Ada lagi yang bisa saya bantu?

迪妮：好的，安迪先生。我們已經幫您預約好了。請問還有什麼可以為您服務的嗎？

Andi: Tidak.

安迪：沒有了。

對話2 訂位失敗

Dini: Selamat pagi, Réstoran Jakarta. Dengan saya Dini, ada yang bisa saya bantu?

迪妮：雅加達餐廳，您早。我是迪妮，請問有什麼可以為您服務的嗎？

Tina: Saya mau reservasi untuk malam ini.

蒂娜：我想要預約今天晚上。

Dini: Maaf sekali Ibu, malam ini kita sudah penuh.

迪妮：非常抱歉。我們今晚已經客滿了。

對話3 請求包廂

Dini: Selamat malam Bapak. Untuk berapa orang Bapak?

迪妮：晚安您好。請問有幾位呢？

Andi: Sepuluh orang.

安迪：10位。

Dini: Apakah sudah melakukan réservasi sebelumnya?

迪妮：請問有預約了嗎？

Andi: Belum. Masih ada ruangan VIP yang kosong gak ya?

安迪：沒有。現在還有空的包廂嗎？

Dini: Kebetulan masih ada bapak, silakan.

迪妮：剛好還有。來，這邊請。　223

02 點菜

05-06-02.MP3

study 1 常用短句

01. **Bisa**① minta menunya?   可以給我菜單嗎？

02. Sudah bisa saya bantu **order**②?   可以幫你點餐了嗎？

03. Mau **pesan**③ apa?   您要點什麼呢？

04. Mau pesan **minuman**④ apa?   您要點什麼飲料呢？

05. Mau pesan **sup**⑤ apa?   你要點什麼湯呢？

06. Berapa **porsi**⑥?   請問幾份呢？

07. Porsi **kecil**⑦, **sedang**⑧ atau **besar**⑨?   要小的、中的、還是大的呢？

08. Apa **menu**⑩ spésial hari ini?   請問今日的特餐是什麼？

09. Saya mau pesan satu porsi **ayam goréng**⑪ dan satu porsi sup ayam.   我要一份炸雞跟一碗雞湯。

10. Mohon di**tunggu**⑫ sekitar sepuluh menit.   請稍等10分鐘。

單字

① bisa 動 可以、能、能夠
② order（動）點（餐）；下訂單
③ pesan 動 點
④ minuman 名 飲料
⑤ sup 名 湯
⑥ porsi 名 …份
⑦ kecil 形 小
⑧ sedang 形 中
⑨ besar 形 大
⑩ menu 名 菜單
⑪ ayam goréng 名 炸雞
⑫ tunggu 動 等

文法

★ mohon：麻煩您、請您；後接動詞表示「請您…／麻煩您…」。

★ sekitar：大概；後接時間表示「…左右」。

study 2 情境會話

對話1 推薦餐點

Dini: Sudah bisa saya bantu order?

Andi: Rékoméndasi di sini apa ya?

Dini: Rékoméndasi kita ada udang asam manis dan ikan bakar.

Andi: Ya sudah, kalau begitu saya mau pesan satu porsi udang asam manis.

迪妮：請問可以幫您點餐了嗎？

安迪：請問你們推薦是什麼？

迪妮：我們這裡推薦的是酸辣蝦還有烤魚。

安迪：好。那麼，我要點一份酸辣蝦。

對話2 點菜

Dini: Mau order apa Ibu?

Tina: Saya mau ayam bakar satu porsi, sayur kangkung satu porsi, dan ikan goreng satu porsi.

Dini: Ada lagi, Bu?

Tina: Sudah cukup, itu saja.

Dini: Baik Bu. Untuk pesanannya mohon ditunggu 15 sampai 20 menit. Terima kasih.

迪妮：請問小姐要點什麼呢？

蒂娜：我要點一份烤雞、一份空心菜跟一份炸魚。

迪妮：請問還需要其他的嗎？

蒂娜：可以了，先這樣吧！

迪妮：好的，餐點的部分，請稍候15到20分鐘。謝謝您。

對話3 點飲料

Dini: Untuk minumannya, Bapak mau pesan apa?

Andi: Ada minuman apa saja ya?

Dini: Kami ada téh, kopi, jus, dan bir.

Andi: Kalau begitu, saya mau satu gelas jus jeruk.

Dini: Baik Pak. Mohon ditunggu.

迪妮：飲料的部分，先生想要點什麼呢？

安迪：請問有什麼飲料呢？

迪妮：我們有茶、咖啡、果汁、還有啤酒。

安迪：那麼，我要一杯柳橙汁。

迪妮：好的先生，請稍候。

03 談論餐點

05-06-03.MP3

study 1 常用短句

01. **Kelihatan**nya① **énak**② sekali. 　　　看起來很好吃。

02. Harum sekali **wangi**③nya. 　　　味道好香。

03. Ayamnya terlalu **asin**④. 　　　這雞肉太鹹了。

04. **Ikan goréngnya**⑤ sudah gosong. 　　　這個炸魚已經焦掉了。

05. **Kepiting**⑥ dan **udang**⑦ di réstoran ini 　　　這家餐廳的螃蟹跟蝦很好吃。
　　 sangat énak.

06. Nasi goréng di sini sangat **terkenal**⑧. 　　　這裡的炒飯很有名。

07. Jus ini terlalu **manis**⑨. 　　　這杯果汁太甜了。

08. Saya tidak suka makanan di sini. 　　　我不喜歡這裡的食物，我覺得
　　 Menurut saya tidak énak. 　　　不好吃。

09. Réstoran ini **selalu**⑩ ramai. 　　　這家餐廳一直都很多人。

10. **Rasa**⑪nya sangat **cocok**⑫ di lidah saya. 　　　味道很合我的胃口。

單字

① kelihatan 動 看起來
② énak 形 美味、好吃
③ wangi 形 香、香味
④ asin 形 鹹
⑤ ikan goréng 名 炸魚
⑥ kepiting 名 螃蟹
⑦ udang 名 蝦子
⑧ terkenal 動 有名、出名
⑨ manis 形 甜
⑩ selalu 副 一直、總是、時常
⑪ rasa 名 味道、感覺
⑫ cocok 形 適合、合適

文法

★ di：在…；後接地名表示「在…地方」的意思。

★ menurut：後接人稱代名詞或人名、職位等表示「對…來說」的意思。

★ sekali：前接形容詞或動詞表示「很…」的意思。

★ terlalu：後接形容詞或動詞表示「太…」的意思。

★ paling：後接形容詞或動詞表示「最…」的意思。

study2 情境會話

對話1 餐點美味

Tina: Ayam goréng di sini sangat énak.　蒂娜：這裡的炸雞很好吃。

Andi: Sepertinya cocok dengan sambal.　安迪：似乎配辣椒醬很合適。

Tina: Iya.　蒂娜：對呀！

Andi: Mas! Minta sambal ya.　安迪：先生！給我辣椒醬吧！

對話2 餐點不美味

Fitri: Seafood disini kurang énak.　菲迪：這裡的海鮮不太好吃。

Nur: Mungkin kurang segar.　努兒：可能不太新鮮吧。

Fitri: Iya. Rasanya juga hambar.　菲迪：對。而且味道也很淡。

Nur: Kurang asin sepertinya.　努兒：感覺好像不夠鹹。

對話3 喝飲料

Andi: Di luar panas sekali, mari pesan jus.　安迪：外面好熱哦！來點杯果汁！

Bagus: Jusnya kurang manis, kurang énak.　巴古石：果汁不夠冷，不太好喝。

Andi: Pelayan, minta air gula ya.　安迪：服務生，可以給我糖水嗎？

Pelayan: Baik Pak. Mohon ditunggu sebentar.　服務生：好的。請稍候。

04 結帳

05-06-04.MP3

study 1 常用短句

01. **Bill**[1] dong.　　　買單！
02. Silakan di**cék**[2] **dulu**[3] **struk**nya[4].　　　麻煩您先確認帳單。
03. **Setelah**[5] **pajak**[6] totalnya Rp200.000.　　　包括稅之後一共200.000盧比（印尼盾）。
04. Ini **tip**[7] untuk **kalian**[8].　　　這是給你們的小費。
05. Tolong dibungkus.　　　麻煩請幫我打包。
06. **Kembalian**[9]nya tidak usah lagi.　　　不用找了。
07. Sepertinya kita pesan terlalu banyak.　　　我們好像點太多了。
08. Kita bayar **masing-masing**[10] saja.　　　我們各付各的好了。
09. Kali ini aku yang **traktir**[11].　　　這次我請客。
10. Kamu tidak perlu **bayar**[12].　　　你不用付

單字

① bill 名 帳單
② cék 動 確認、檢查
③ dulu 副 …前、之前；先
④ struk 名 帳單
⑤ setelah 副 …後、之後
⑥ pajak 名 稅、稅金
⑦ tip 名 小費
⑧ kalian 代 你們
⑨ kembalian 名 找錢
⑩ masing-masing 代 各自
⑪ traktir 動 請客
⑫ bayar 動 付

文法

★ dong：語助詞，緩和語氣的意思。
★ mbak：姊姊。可以用來叫女服務生。也有「小姐」的意思。
★ mas：哥哥。可以用來叫男服務生。也有「先生」的意思。

228

study2 情境會話

對話1 情況會話

Andi: Berapa totalnya?

安迪：總共多少錢？

Bagus: Satu juta Rupiah

巴古石：100萬盧比。

Andi: Kalau begitu, kita bayar masing-masing saja.

安迪：那麼，我們就各付各的吧。

Bagus: Oké.

巴古石：好的。

對話2 打包

Andi: Sepertinya kita pesan terlalu banyak.

安迪：我們好像點太多了。

Bagus: Dibungkus saja.

巴古石：那打包好了。

Andi: Iya. Mubazir sekali kalau dibuang.

安迪：好啊！不然丟掉的話太浪費了。

Bagus: Iya. Bisa untuk makan nanti malam.

巴古石：對啊！可以留著晚上吃。

對話3 請客

Andi: Mbak, bill dong.

安迪：服務生，結帳喔！

Pelayan: Ini Pak. Totalnya sembilan puluh tiga ribu rupiah.

服務生：這個。一共93.000盧比。

Andi: Ini seratus ribu. Kembaliannya ambil saja.

安迪：這裡有10萬盧比。找錢給妳，不用找了。

Pelayan: Terima kasih Pak. Mohon datang kembali.

服務生：謝謝您。請再來。

Unit
07 購物血拼

05-07-01.MP3

01 商場

---

study 1 常用短句

01. **Selamat**① **datang**②.　　　　　　歡迎光臨。

02. Mau cari apa?　　　　　　　　　　您要找什麼嗎？

03. Saya mau beli **hadiah**③ Natal.　　我要買聖誕節的禮物。

04. Saya **lihat-lihat**④ dulu.　　　　　我先看看。

05. Kalau yang ini, bagaimana menurut　這一個，（小姐）您覺得如何呢？
　　Ibu?

06. Selamat datang **kembali**⑤.　　　　歡迎再度光臨。

07. Yang ini harganya berapa?　　　　　這一個的價錢是多少？

08. Boléh di**coba**⑥ dulu gak?　　　　請問可以先試用嗎？

09. Ini **kartu**⑦ **mémber**⑧ saya.　　這是我的會員卡。

10. Ada **diskon**⑨ gak?　　　　　　　請問有打折嗎？

單字

① selamat 感 恭喜
② datang 動 來
③ hadiah 名 禮物
④ lihat-lihat 副 看看
⑤ kembali 動 回來
⑥ coba 動 試
⑦ kartu 名 卡
⑧ mémber 名 會員
⑨ diskon 名 折扣

文法

★ gak：tidak（不）簡略的表現；置於句子最後面表示「問句」。

study2 情境會話

對話1 試穿衣服

Tina: Kamar pasnya di mana ya? 　　蒂娜：請問更衣室在哪裡？

Dodi: Di samping éskalator. 　　　　寶迪：在電扶梯旁邊哦。

Tina: Celana ini ada warna lain gak 　蒂娜：先生，請問這件褲子有其他
　　　Mas? 　　　　　　　　　　　　　　的顏色嗎？

Dodi: Masih ada warna hitam dan biru, 寶迪：小姐，還有黑色的跟藍色的
　　　Mbak. 　　　　　　　　　　　　　　哦。

對話2 詢問尺寸

Tina: Ukuran sepatu ini terlalu kecil. 蒂娜：這鞋子的尺寸太小了。

Dodi: Mbak biasanya pakai ukuran 　　寶迪：請問小姐您平常穿什麼尺寸
　　　berapa? 　　　　　　　　　　　　　　的呢？

Tina: 38. 　　　　　　　　　　　　　蒂娜：38號。

Dodi: Baik. Saya coba carikan dulu. 　寶迪：好的。我先幫您找找。

對話3 結帳

Tina: Kasirnya di mana, Mas? 　　　　蒂娜：先生，收銀台在哪裡呢？

Dodi: Di sebelah kanan, Mbak. 　　　　寶迪：在右邊哦，小姐。

Kasir: Kartu mémbernya ada? 　　　　收銀員：請問有會員卡嗎？

Tina: Saya lupa bawa. Bisa pakai nomor 蒂娜：我忘了帶了，可以報手機號
　　　HP saja? 　　　　　　　　　　　　　碼嗎？

Kasir: Bisa. Nomor HPnya berapa, 　　收銀員：可以。請問電話號碼是幾
　　　Mbak? 　　　　　　　　　　　　　　號呢？

231

02 菜市場

study 1 常用短句

01. Mau beli apa?	你要買什麼？
02. Ada **telur**① **ayam**② gak?	有雞蛋嗎？
03. Gimana **hitung**③nya?	怎麼算？、怎麼賣？
04. **Ikan**④ satu **kilo**⑤ harganya berapa?	魚一公斤多少錢？
05. Bisa **kurang**⑥ gak?	可以便宜一點嗎？
06. Harga **cabai**⑦ lagi **mahal**⑧.	辣椒現在很貴。
07. Gak bisa kurang lagi.	不能再便宜了。
08. Mahal sekali.	很貴。
09. Ini sudah **murah**⑨.	這算便宜了。
10. Gak **usah**⑩ **pakai**⑪ **kantong plastik**⑫.	不用袋子。

（單字）

① telur 名 蛋
② telur ayam 名 雞蛋
③ hitung 動 算
④ ikan 名 魚
⑤ kilo / kilogram（名）公斤
⑥ kurang 動 減少；副 少；動 不足、少了…
⑦ cabai 名 辣椒
⑧ mahal 形 貴
⑨ murah 形 便宜
⑩ usah 動 需要
⑪ pakai 動 使用
⑫ kantong plastik 名 塑膠（袋）

（文法）

★ gimana：bagaimana（怎麼）的縮寫。表示「如何…？」。

★ Rp15.000,00 = lima belas ribu rupiah

*唸法是先唸數字，然後再唸 Rupiah。

study 2 情境會話

對話1 買菜

Dinda: Mau beli apa, Mbak?

Tina: Saya mau beli cabai. Gimana hitungnya?

Dinda: Cabai mérah satu kilo Rp150.000,00. Cabai hijau satu kilo Rp130.000,00.

Tina: Kalau gitu saya mau cabai merah setengah kilo, cabai hijau setengah kilo.

汀姐：請問小姐要買什麼呢？

蒂娜：我要買辣椒。請問怎麼算？

汀姐：紅辣椒一公斤15萬盧比。綠辣椒一公斤13萬盧比。

蒂娜：那我要半公斤紅辣椒和半公斤青辣椒。

對話2 講價

Tina: Mangga satu kilo harganya berapa?

Dinda: Mangga satu kilo Rp80.000,00.

Tina: Mahal sekali. Gak bisa kurang lagi?

Dinda: Iya mbak. Lagi gak musim. Gak bisa kurang lagi. Mau apel aja gak mbak?

Tina: Berapa sekilo?

Dinda: Rp30.000,00.

Tina: Yasudah, apelnya dua kilo.

蒂娜：芒果一公斤多少錢？

汀姐：芒果一公斤8萬盧比。

蒂娜：好貴喔！不能再便宜了嗎？

汀姐：對啊。現在不是產季。不能再便宜了。還是妳要不要買蘋果就好？

蒂娜：一公斤多少錢呢？

汀姐：3萬盧比。

蒂娜：好吧。那就給我兩公斤的蘋果。

對話3 找錢

Dinda: Totalnya Rp60.000,00.

Tina: Ini Rp100.000,00.

Dinda: Kembaliannya Rp40.000,00 ya Mbak. Makasih.

Tina: Makasih.

汀姐：一共6萬盧比。

蒂娜：這裡是10萬盧比。

汀姐：那找妳4萬盧比喔！謝謝！

蒂娜：謝謝。

233

05-08-01.MP3

01 申請留學

---

study1 常用短句

01. Saya ingin mendaftar untuk pertukaran pelajar.　我想要申請交換學生。

02. Saya ingin **mendaftar**① sekolah di luar negeri.　我想要申請國外的學校。

03. Bagaimana cara mendaftarnya?　要如何報名？

04. Data-data apa saja yang diperlukan?　需要哪些資料呢？

05. Ada per**syarat**an② apa saja?　需具備哪些條件呢？

06. Di mana saya bisa mendaftar?　我可以在哪裡報名？

07. Bagaimana cara mendaftar **béasiswa**③?　要如何申請獎學金呢？

08. Syarat-syaratnya bisa lihat di wébsite kami.　所需條件都可以看我們的網站。

09. Saya harus menulis **autobiografi**④ untuk mendaftar ke **universitas**⑤ di luar negeri.　為了申請外國的大學，我需要寫自傳。

10. **Kira-kira**⑥ berapa **biaya hidup**⑦ di Taiwan untuk satu bulan?　在台灣的生活費一個月大概要多少呢？

單字

① mendaftar 動 申請
② syarat 名 條件
③ béasiswa 名 獎學金
④ autobiografi 名 自傳
⑤ universitas 名 大學
⑥ kira-kira 副 大概
⑦ biaya hidup 名 生活費

文法

★ per- + 字根 + -an = 名詞。指把 ber- 動詞給名詞化。

★ nya：置於詞尾，通常是強調前述詞彙的語氣，有「這…、該…」的意思，類似英語定冠詞「the」。

★ 疊詞：印尼語中有很多疊詞，多用於強調數量多、相當地或重複做某事之意。
例：data-data（眾多的資料）

study2 情境會話

對話1 申請

Andi: Halo. Saya mau mendaftar untuk pertukaran pelajar.

Guru: Mau pertukaran ke negara mana?

Andi: Saya ingin pertukaran ke Jepang.

Guru: Baik. Ini adalah daftar nama sekolah di Jepang yang bekerja sama dengan sekolah kami. Kamu ingin mendaftar ke sekolah yang mana?

安迪：你好。我想要申請交換學生。

老師：你想去哪個國家當交換生呢？

安迪：我想去日本當交換生。

老師：好。這是有跟我們學校合作的日本學校名單。你想申請哪一所學校呢？

對話2 獎學金

Bagus: Nilai kamu selalu bagus, kenapa kamu tidak mendaftar untuk béasiswa?

Andi: Aku gak yakin aku bisa dapat béasiswa.

Bagus: Kenapa?

Andi: Setiap tahun sekolah hanya memberikan béasiswa untuk lima siswa terbaik.

Bagus: Coba saja dulu. Kamu gak akan tahu jika kamu tidak mencoba.

巴古石：你的分數每次都這麼好。你為什麼不要去申請獎學金？

安迪：我沒信心可以拿到獎學金。

巴古石：為什麼？

安迪：學校每年只給5個最好的學生獎學金。

巴古石：先試試看吧！沒有試你怎麼知道不行。

對話3 錄取

Andi: Aku diterima di Universitas Tokyo!

Bagus: Wah! Selamat!

Andi: Universitas Tokyo juga memberiku béasiswa selama satu tahun. Untuk tahun kedua harus lihat nilaiku di tahun pertama nanti!

Bagus: Hebat sekali kamu! Kalau begitu, tahun depan aku mau ke Tokyo cari kamu. Kamu harus bawa aku jalan-jalan ya!

Andi : Tentu saja!

安迪：我被東京大學錄取了！

巴古石：哇！恭喜！

安迪：東京大學也給我一年的獎學金。第二年就得再看我第一年的成績了。

巴古石：你好厲害喔！那麼，我明年要去東京找你。你要帶我去玩喔！

安迪：當然！

235

02 學習與考試

05-08-02.MP3

study 1 常用短句

01. Bésok saya ada **ujian**①. 　明天有考試。

02. Saya belum mengerjakan **tugas**②. 　我還沒做作業。

03. Tugas ini harus dikumpul sebelum hari Rabu. 　這個作業得在禮拜三之前繳交。

04. Saat ujian tidak boléh **menyonték**③. 　考試時不能作弊。

05. Boléh pinjam **buku catatan**④ kamu? 　可以借你的筆記本嗎？

06. Minggu depan **UTS**⑤. 　下禮拜期中考。

07. Kapan **ulangan**⑥? 　什麼時候考試？

08. Toni sangat rajin, nilainya meningkat dengan cepat. 　托尼很認真，他的分數進步的很快。

09. Sekolah mengirimkan **rapor**⑦ saya ke orang tua saya. 　學校寄我的成績單給我父母。

10. Sekolah tidak **mengizinkan**⑧ saya untuk **ujian susulan**⑨. 　學校不讓我補考。

（單字）

① ujian 名 考試
② tugas 名 作業
③ menyontek 動 作弊
④ buku catatan 名 筆記本
⑤ UTS (ujian tengah seméster) 名 期中考
⑥ ulangan 名 考試
⑦ rapor 名 成績單
⑧ mengizinkan 動 讓、允許
⑨ ujian susulan 名 補考

（文法）

★ sebelum：後接時間、名詞、動詞來做修飾。表示「⋯之前」的意思。

study2 情境會話

對話1 點名

Guru: Saya akan mulai absénsi. Andi?

Bagus: Andi hari ini tidak datang bu.

Guru: Dia tidak izin.

Bagus: Sepertinya dia sakit, tidak sempat ke sekolah untuk minta izin.

Guru: Tapi dia seharusnya télépon ke sekolah untuk meminta izin.

老師：我要開始點名了。安迪？

巴古石：老師，安迪今天沒來。

老師：他沒有請假。

巴古石：他好像生病了。來不及跟（來）學校請假。

老師：但他應該要打電話來學校請假的。

對話2 課堂裡

Tina: Bu, saya tidak mengerti soal nomor dua.

Guru: Baik, nanti akan saya jelaskan kembali. Sekarang kerjakan dulu soal nomor satu.

Tina: Baik Bu.

蒂娜：老師，我不懂第二題。

老師：好。等一下我會再解釋一次。現在先做第一題。

蒂娜：好。

對話3 考試

Guru: Sekarang kita akan mulai ujian. Simpan semua barang-barang dan buku ke dalam tas. Tidak boleh ada barang di atas méja.

Murid: Baik Bu.

Guru: HP juga jangan lupa dimatikan dan dimasukan ke dalam tas. Jika terdengar bunyi télélpon maka akan saya anggap menyontek.

老師：我們現在要開始考試了。把所有的東西與課本收到包包裡。桌上不能有任何東西。

學生：好。

老師：手機也不要忘了關機並放在包包裡。如果有手機聲我會當作是你們作弊。

Unit
09 工作職場

01 求職面試

---

study 1 常用短句

01. Hari ini saya ada interview **pekerjaan**①. 今天我有工作的面試。
02. Ceritakan **tentang**② **diri**③ Anda. 請介紹一下你自己。
03. Kapan anda bisa **mulai**④ **kerja**⑤? 你什麼時候可以開始上班？
04. Sebelumnya di mana Anda bekerja? 你之前在哪裡上班？
05. Berapa lama anda bekerja? 你做多久？
06. Keterampilan apa yang anda miliki? 你有什麼才華？
07. Apa **kelebihan**⑥ dan **kekurangan**⑦ anda? 你的優缺點是什麼？
08. Apakah anda lebih senang bekerja 你比較喜歡獨立工作還是團
    seorang diri atau dalam tim? 體工作？
09. Anda bisa mulai bekerja minggu depan. 你下禮拜可以開始上班了。
10. Berapa **gaji**⑧ yang anda **harapkan**⑨? 你希望的薪水是多少？

單字

① pekerjaan 名 工作
② tentang 助 關於
③ diri 名 自己
④ mulai 動 開始
⑤ kerja 動 工作
⑥ kelebihan 名 優點
⑦ kekurangan 名 缺點
⑧ gaji 名 薪水
⑨ harapkan 動 期望；預期

文法

★ sebelum：同前課所述是「之前」
　之意。

★ nya：強調語氣，「這個、那個」，
　故 sebelum + nya 表示「在這之
　前」。

★ lebih：後接形容詞，表示「比較、
　更加（出現後接的形容詞的狀
　況）」的意思。

study2 情境會話

對話1 討論面試

Andi: Aku bésok ada interview. 安迪：我明天有場面試。

Tina: Interview apa? 蒂娜：什麼面試？

Andi: Interview pekerjaan. Di perusahaan Taiwan. Aku mau jadi penerjemah. 安迪：工作的面試，是在台灣的公司。我想當翻譯員。

Tina: Wah! Sepertinya susah. 蒂娜：哇！感覺是場硬仗（很困難）。

Andi: Iya. Makanya sekarang aku cemas sekali. 安迪：對啊。所以我現在很擔心。

對話2 面試

Andi: Selamat pagi, Pak. Ini CV saya. Silahkan dilihat. 安迪：早安，這是我的個人簡歷。請過目。

Atasan: Selamat pagi. Silakan duduk. Kamu sebelumnya kerja di mana? 面試官：早安，請坐。你之前在哪裡工作？

Andi: Sebelumnya saya adalah guru lés privat bahasa Mandarin. 安迪：我以前是中文家教。

Atasan: Silakan ceritakan tentang diri dan rencana Anda kedepan. 面試官：請更加詳述關於你與你未來的規劃。

對話3 詢問待遇

Andi: Untuk masalah gaji, perhitungannya bagaimana ya Pak? 安迪：請問待遇的部分，是怎麼算呢？

Atasan: Untuk gaji, kami hanya bisa memberi lima juta Rupiah per bulan. Tetapi kami akan memberikan uang makan siang per hari. 面試官：待遇的部分，我們一個月只能給500萬盧比。可是公司每天有包午餐費。

Andi: Kalau boléh tahu, berapa uang makan siang per hari? 安迪：如果可以的話，我想請問午餐費是多少呢？

Atasan: Kami akan memberikan uang makan sebesar 50 ribu Rupiah per hari. Bagaimana? Apa kamu bisa menerimanya? 面試官：午餐費一天會給5萬盧比。怎麼樣？你可以接受嗎？

Andi: Bisa pak. 安迪：可以。

Atasan: Kalau begitu, kamu bisa mulai kerja bulan depan. 面試官：那麼，你下個月就可以開始上班了。

239

02 工作

study 1 常用短句

01. Mohon bimbingannya. 　　　　　　請大家多多關照。

02. Hari ini saya ada **rapat**①. 　　　　我今天有會要開。

03. Hari ini saya mau bertemu dengan
    pelanggan② saya. 　　　　　　　我今天要見我的客戶。

04. Saya mau pergi **fotokopi**③. 　　　　我要去影印。

05. Saya akan e-mail data-datanya ke kamu. 那些資料我會mail給你。

06. **Akhir-akhir**④ ini saya harus lembur setiap 最近我每天都得加班。
    hari.

07. Hari ini ada **tamu**⑤ **penting**⑥ yang akan 今天有重要客人要來我們
    datang ke kantor kami. 　　　　　　公司。

08. **Jabatan**⑦ saya di perusahaan ini adalah 在這個公司裡我的職位是
    manajer⑧. 　　　　　　　　　　經理。

09. Apakah pekerjaan Anda sudah diselesaikan 你的工作都做完了嗎？
    semua?

10. Dia sudah naik jabatan menjadi manajer. 他已經升職當經理了。

單字

① rapat 名 會議
② pelanggan 名 客戶、顧客
③ fotokopi 動 影印
④ akhir-akhir 名 最近
⑤ tamu 名 客人、客戶
⑥ penting 形 重要
⑦ jabatan 名 職位
⑧ manajer 名 經理

文法

★ akan：後接動詞表示「將、將要…」
　的意思。

★ menjadi：後接名詞或形容詞。表示
　「變成、變…」的意思。

study 2 情境會話

對話1 開會

Atasan: Satu jam lagi kita rapat. Siapkan semua data-data yang diperlukan.

Andi: Baik, Pak. Akan segera saya siapkan.

Atasan: Beri tahu bagian penjualan juga untuk ikut rapat.

Andi: Baik Pak.

上司：再一個小時我們開會。準備好所需要的資料。

安迪：好的。我馬上準備。

上司：通知行銷部的也一起來開會。

安迪：好的。

對話2 加班

Tina: Kamu sudah selesai kerja?

Andi: Belum. Bésok pagi-pagi saya harus rapat dengan atasan. Jadi sekarang saya harus menyiapkan data-datanya dulu.

Tina: Kenapa tidak bésok saja?

Andi: Saya takut bésok tidak sempat.

Tina: Yasudah, Kalau begitu saya pulang duluan ya. Sampai jumpa bésok.

Andi: Sampai jumpa bésok.

蒂娜：你的工作做完了嗎？

安迪：還沒。我明天一大早要跟主管開會。所以我現在要先準備資料。

蒂娜：你為什麼不明天才做？

安迪：我怕明天才做會來不及。

蒂娜：好吧。那我先回去囉！明天見！

安迪：明天見。

對話3 加薪

Atasan: Karena kamu sudah membuat penjualan bulan ini meningkat, maka saya akan menaikan gaji kamu juga.

Andi: Wah! Terima kasih banyak, Pak!

Atasan: Semangat! Kalau bulan depan lebih meningkat lagi, maka gaji kamu juga akan naik lagi.

Andi: Baik Pak! Saya akan berusaha sekuat mungkin.

上司：因為你這個月讓我們提升了營業額，所以我也會調漲你的薪水。

安迪：哇！感謝您！

上司：加油！如果下個月又提升，你的薪水會再調漲。

安迪：好的！我會竭盡全力的。

241

03 請假與失業

05-09-03.MP3

常用短句

01. Saya ada **keperluan**① **mendadak**②.　　我有急事。

02. Saya tidak **énak badan**③.　　我的身體不舒服。

03. Saya ada **urusan**④ **keluarga**⑤.　　我家裡有事。

04. Saya mau **izin**⑥.　　我要請假。

05. Boléhkah saya mengambil **cuti**⑦ lima hari?　　我可以排五天的休假嗎？

06. Apakah gaji saya akan **dipotong**⑧ jika saya izin?　　如果請假的話，會被扣薪水嗎？

07. Maaf, Anda saya **pecat**⑨.　　不好意思，你被開除了。

08. Anda tidak perlu datang lagi bésok.　　明天你不用來了。

09. Aku baru saja dipecat.　　我剛被開除。

10. Saya **pengangguran**⑩.　　我失業了。

單字

① keperluan 名 需要、需
② mendadak 副 忽然
③ tidak enak badan 形 身體不舒服
④ urusan 名 事
⑤ keluarga 名 家
⑥ izin 名 請假
⑦ cuti 名 請假
⑧ dipotong 動 扣除（薪水）
⑨ pecat 動 開除
⑩ pengangguran 名 失業

文法

★ perlu：後接動詞或名詞，表示「需要做…」或「需要…」之意。

★ jika：接於一段敘述之前，使其成為假設句，即「如果…、假如…」的意思。

★ baru saja：接於一段敘述前，表示事情剛發生不久，即「剛才…、才剛…」的意思。

study2 情境會話

對話1 請病假

Atasan: Kamu kenapa? Wajah kamu terlihat pucat sekali.

上司：你怎麼了？你的臉色很蒼白。

Andi: Iya. Saya sedang demam tinggi, Pak.

安迪：嗯。我發高燒了。

Atasan: Sudah periksa ke dokter?

上司：你有看醫生了嗎？

Andi: Belum Pak. Boléh saya izin hari ini Pak?

安迪：還沒。我今天可以請假嗎？

Atasan: Iya, silahkan. Istirahat dengan baik agar cepat sembuh.

上司：好，可以。好好休息才可以趕快康復。

Andi: Baik Pak. Terima kasih.

安迪：好的。謝謝上司。

對話2 請事假

Andi: Pak, saya ada urusan keluarga. Minggu depan boléh saya ambil cuti?

安迪：上司，我家裡有事要處理。我下禮拜可以請假嗎？

Atasan: Berapa hari?

上司：要請幾天？

Andi: Lima hari Pak.

安迪：5天。

Atasan: Kenapa lama sekali?

上司：為什麼那麼多天？

Andi: Istri saya mau melahirkan Pak.

安迪：我老婆要生產。

Atasan: Baiklah. Kalau begitu selesaikan dulu semua kerjaan kamu minggu ini.

上司：好的。那請你這禮拜先把工作都做好。

對話3 失業

Tina: Kamu kenapa? Kelihatannya sedang banyak pikiran.

蒂娜：你怎麼了？看起來很煩惱？

Andi: Aku baru dipecat.

安迪：我剛被開除了。

Tina: Kok bisa? Mau aku bantu cari pekerjaan baru gak?

蒂娜：怎麼會？要我幫你找一份新工作嗎？

Andi: Aku ingin berbisnis saja. Tapi aku masih bingung mau bisnis apa.

安迪：我想創業。可是還不知道要做什麼。

243

01 環遊世界

study 1 常用短句

01. Aku ingin **keliling**① **dunia**②.
我想要環遊世界。

02. Kami akan **bulan madu**③ ke Jepang.
我們要去日本度蜜月。

03. Masa berlaku **paspor**④ Anda akan segera berakhir.
你的護照的有效期間快到期了。

04. Saya harus mengurus **visa**⑤ Amérika.
我必須辦美國簽證。

05. Menurut saya, Perancis adalah negara yang paling romantis.
對我來說，法國是最浪漫的國家。

06. Saya lebih suka jalan sendiri daripada ikut tur.
比起跟團，我比較喜歡自由行。

07. Biasanya aku tukar uang di **money changer**⑥.
我通常在私人換匯店換錢。

08. Untuk penerbangan luar negeri harus **check-in**⑦ dua jam sebelum penerbangan.
國際航線得在登機前2個小時報到。

09. Koper bapak sudah **overload**⑧.
先生，您的行李已經超重了。

單字

① keliling 動 繞
② dunia 名 世界
③ bulan madu 名 度蜜月
④ paspor 名 護照
⑤ visa 名
⑥ money changer 名 換匯店
⑦ check-in 動 報到
⑧ overload 動 超重
　⑥～⑧印尼人常直接用英文表達

文法

★ ingin：後接動詞，表示「想要…」之意。

★ harus：後接動詞，表示「得…」、「必須…」之意。

★ daripada：比起、比起來。「A lebih... daripada B」，為「比起 B，A 更…」的意思。
例：
saya lebih suka kopi daripada téh
（比起茶，我比較喜歡咖啡。）

對話1 換錢

Andi: Aku bésok mau ke Singapura.	安迪：我明天要去新加坡。
Tina: Kamu sudah tukar uang?	蒂娜：那你換錢了嗎？
Andi: Belum. Bésok tukar di bandara saja.	安迪：還沒。明天在機場換好了。
Tina: Jangan. Di bandara mahal.	蒂娜：不要！在機場換很貴耶。
Andi: Oh ya? Aku tidak tau. Tapi sudah jam segini, bank sudah tutup semua. Gimana dong?	安迪：是喔？我不知道。可是這麼晚了，銀行都關了。怎麼辦呢？

對話2 超重

Tina: Aduh, koper aku overload.	蒂娜：哎呀，我的行李超重了。
Andi: Kok bisa?	安迪：怎麼會？
Tina: Barang di sini lucu-lucu dan murah-murah semua.	蒂娜：因為在這裡的東西都很可愛又很便宜（，不知不覺就多買了）。
Andi: Tapi kalau overload, kamu harus bayar lebih.	安迪：可是如果超重妳要多付錢的。
Tina: Gimana dong? Bisa titip di koper kamu gak?	蒂娜：怎麼辦呢？可以放在你的行李裡面嗎？

對話3 旅遊願望

Tina: Apa impian kamu?	蒂娜：妳的夢想是什麼？
Fitri: Aku ingin keliling dunia.	菲迪：我想要環遊世界。
Tina: Kamu sudah pernah ke mana saja?	蒂娜：那妳去過哪裡？
Fitri: Aku sudah pernah pergi ke 27 negara. Aku sekarang sedang menabung, mudah-mudahan tahun depan aku mau jalan-jalan ke lima puluh negara di Eropa.	菲迪：我去過27個國家了。我現在在存錢，希望明年我可以去歐洲的50個國家旅遊。
Tina: Wah! Keren sekali!	蒂娜：哇！好酷喔！

印尼語發音與筆順　母音　子音　基礎文法與構句　最常用的分類單字　最口語的日常短句　情境模擬生活會話

245

02 去海邊

05-10-02.MP3

study 1 常用短句

01. Saya suka **berselancar**①.　　　　　我喜歡衝浪。
02. **Pantai**② di Bali sangat indah.　　　　峇里島的海邊很美。
03. Saya ingin berlibur ke Bali.　　　　　我想去峇里島度假。
04. Saya suka melihat **matahari terbenam**③　我喜歡在海邊看夕陽。
　　di pantai.
05. **Seafood**④ di pantai sangat segar.　　海邊的海鮮很新鮮。
06. Permainan air di Bali sangat beragam.　在峇里島有很多元的水上活動。
07. Saya ingin **menyelam**⑤.　　　　　　我想要潛水。
08. Banyak orang yang berjemur di **tepi**　很多人在海邊曬太陽。
　　pantai⑥.
09. Untuk alasan keselamatan, semua orang　為了安全起見，要玩水上活動
　　yang akan bermain permainan air harus　的每一位都得穿救生衣。
　　memakai **baju pelampung**⑦.
10. Walaupun saya tidak bisa berenang, tetapi　雖然我不會游泳，可是我喜歡
　　saya suka **bersantai**⑧ di tepi pantai.　在海邊放鬆。

單字

① berselancar 動 衝浪
② pantai 名 海邊
③ matahari terbenam 名 夕陽
　*通常會直接講英文的 Sunset
④ makanan laut 名 海鮮
　*通常會直接講英文的 Seafood
⑤ menyelam 動 潛水
　*通常會直接講英文的 Diving
⑥ tepi pantai 名 海邊
⑦ baju pelampung 名 救生衣
⑧ bersantai 動 放鬆

文法

★ walaupun…tetapi…：表示「雖然…可是…」之意。

★ sangat：是「很、非常」的意思，需置於形容詞之前。

study2 情境會話

對話1 去海邊

Tina: Wah! Bagus sekali pantainya!

蒂娜：哇！這片海濱好美喔！

Andi: Iya, cuaca hari ini juga énak, tidak terlalu panas.

安迪：對啊，今天的天氣也很舒服，不會太熱。

Tina: Ini pertama kalinya aku ke Pantai Kuta.

蒂娜：這是我第一次來庫塔沙灘。

Andi: Sunset di sini sangat bagus.

安迪：這裡的夕陽很美。

對話2 在沙灘上

Andi: Ayo kita main parasailing.

安迪：走吧。我們去玩拖曳傘。

Tina: Tapi aku tidak bisa berenang, aku takut. Aku di sini saja, berjemur sambil bersantai.

蒂娜：可是我不會游泳，我會怕。我在這裡好了，邊曬太陽邊放鬆。

Andi: Tidak apa-apa, kita akan pakai baju pelampung kok.

安迪：沒關係啦！我們會穿救生衣的。

對話3 旅遊諮詢

Fitri: Aku ingin berlibur ke Bali. Tapi aku tidak tahu harus pergi bulan berapa.

菲迪：我想要去峇里島度假。可是不知道什麼時候去比較好。

Tina: Menurut aku bulan April atau Méi.

蒂娜：我覺得四或五月比較好。

Fitri: Kenapa?

菲迪：為什麼？

Tina: Karena bulan Juni sampai Juli biasanya liburan anak sekolah, tikét dan hotél akan mahal. Dan juga bulan April dan Méi bukan musim hujan.

蒂娜：因為六月到七月通常是學生放假。機票與飯店都會比較貴。而且四到五月不是雨季（，不會一直下雨）。

247

05-11-01.MP3

01 **預訂**

study1 常用短句

01. Saya mau pesan kamar untuk tanggal 10 Juni. 　我要訂6月10號的房間。
02. Bapak mau **pesan** berapa **kamar**① untuk berapa malam? 　先生要訂幾間幾個晚上呢？
03. Saya mau pesan dua kamar untuk dua malam. 　我要訂2間房2個晚上。
04. Apakah masih ada kamar yang kosong? 　還有空房嗎？
05. Maaf, untuk tanggal sepuluh kamar kami sudah penuh semua. 　不好意思，10號我們的房間都滿了。
06. Saya mau kamar dengan **view**② pantai. 　我要訂海景的房間。
07. Harga kamar sudah termasuk sarapan untuk dua orang. 　房價已經包括兩個人的早餐。
08. Saya mau **membatalkan**③ pemesanan kamar. 　我要取消訂房。
09. **Kasur tambahan**④ akan dikenakan biaya tambahan. 　要加床要另外加錢。
10. Jumat ini kami akan menginap di hotél bintang lima. 　這星期五我們會去住五星級飯店。

單字

① pesan kamar 動 訂房
*也可說英文的 booking kamar
② pemandangan 名 風景
*通常可用英文的 view 來說
③ membatalkan 動 取消
④ kasur tambahan 名 加床
*通常可以直接講英文的 Extra Bed

文法

★ termasuk：包括。後接名詞表示「包括⋯」之意。
例：harga di menu sudah termasuk pajak.
（在菜單上的價錢已經包括稅。）

後接形容詞表示「算⋯」之意。
例：rumah ini sudah termasuk besar.
（這個房子已經算大了。）

_{study}2 情境會話

對話1 電話預訂

Andi: Untuk tanggal 5 apakah masih ada kamar kosong? Saya mau pesan satu kamar.   安迪：5號還有空房嗎？我要訂一間。

Résépsionis: Untuk berapa malam Bapak?   櫃台：你要住幾個晚上呢？

Andi: Untuk tiga malam.   安迪：三個晚上。

Résépsionis: Maaf Bapak, untuk sekarang kamar yang tersedia hanya tanggal 5 dan 6. Kebetulan tanggal 7 kamar kami sudah penuh semua.   櫃台：先生不好意思，目前有空房的只有5，6號喔。7號剛好我們的房間都客滿了。

Andi: Kalau begitu, saya mau booking untuk dua malam.   安迪：那麼，我要訂兩個晚上。

對話2 選這房間

Résépsionis: Bapak mau booking kamar dengan twin bed atau single bed?   櫃台：先生要訂雙人床還是單人床的房間呢？

Andi: Saya mau booking kamar dengan view gunung.   安迪：我要訂山景的房間。

Résépsionis: Untuk kamar view gunung hanya tersisa yang twin bed Bapak.   櫃台：山景的房間現在只剩兩人床的房間喔。

Andi: Yasudah, kalau begitu yang twin bed saja.   安迪：好的。那兩人床的就好。

對話3 取消預訂

Andi: Selamat siang. Saya mau cancel booking.   安迪：午安，我要取消預訂。

Résépsionis: Atas nama siapa Bapak?   櫃台：請問您貴姓大名？

Andi: Atas nama Andi.   安迪：安迪。

Résépsionis: Pemesanannya untuk bésok ya pak?   櫃台：您預訂的是明天入住的嗎？

Andi: Benar.   安迪：對。

Résépsionis: Maaf bapak. Untuk pembatalan pemesanan kami harus minimal 2 hari sebelumnya. Kalau tidak, kami hanya bisa mengembalikan 70% dari harga kamar.   櫃台：先生不好意思，取消預訂的話最慢是入住的2天前。不然我們只能退70%的房價。

Andi: Yasudah tidak apa-apa.   安迪：好的，沒關係。

249

05-11-02.MP3

study 1 常用短句

01. Saya mau check-in kamar.
我要 check in。

02. Apakah Bapak sudah melakukan **réservasi**① sebelumnya?
您有訂房了嗎？

03. Boléh dibantu dengan kode réservasinya?
請給我您的訂房代碼嗎？

04. Bisa saya lihat **kartu identitas**nya②?
請出示您的身分證？

05. Ini kunci kamar Ibu. Nomor kamar Ibu 501, ada di lantai lima. Silahkan naik dari lift sebelah kanan.
這是小姐的房價鑰匙。您的房間號碼是501，在5樓。請從右邊的電梯上去。

06. Untuk sarapan bésok, Ibu bisa menikmatinya di réstoran kami yang terletak di lantai satu.
明天的早餐，可以在我們一樓的餐廳用餐。

07. Apakah Bapak perlu morning call untuk bésok pagi?
先生明天需要晨喚服務嗎？

08. Untuk password wifinya adalah nomor kamar Bapak.
Wi-fi 密碼是先生的房間號碼喔。

09. Fasilitas hotél kami ada **kolam renang**③, spa, dan gym semuanya bisa diaksés dengan **kartu kamar**④.
我們飯店的設備有游泳池、溫泉還有健身房，都是刷房卡便可進入。

10. Silahkan **tekan**⑤ 0 dari télépon di kamar Bapak untuk menghubungi bagian résépsionis.
要打服務台的話，請用你房間裡的電話撥0即可。

單字

① réservasi 動 預訂
② kartu identitas 名 身分證
③ kolam renang 名 游泳池
④ kartu kamar 名 房卡
⑤ tekan 動 按

文法

★ sebelum：後接動詞，表示「…之前」之意。

★ ～nya：強調語氣，「這個、那個」，故「sebelumnya」在這個之前的意思。

對話1 餐廳

Andi: Réstorannya di mana ya Mas?

Résépsionis: Untuk réstoran makanan Indonésia ada di lantai satu, dan untuk réstoran makanan barat ada di lantai dua.

Andi: Réstoran makanan Jepang tidak ada ya?

Résépsionis: Maaf Bapak, tidak ada.

安迪：你們的餐廳在哪裡？

櫃台：印尼料理的餐廳在一樓，西式餐廳的話則是在二樓。

安迪：有日本料理的餐廳嗎？

櫃台：不好意思，沒有。

對話2 網路服務

Andi: Di sini ada Wi-fi gak?

Tina: Ada.

Andi: Yang mana?

Tina: Nama Wi-Finya Bintang Hotél. Passwordnya nomor kamar kita.

安迪：這裡有 Wi-fi 嗎？

蒂娜：有。

安迪：是哪一個呢？

蒂娜：Wi-fi 的名字是星星飯店。密碼是我們的房間號碼。

對話3 詢問服務

Andi: Halo? Saya mau pesan makanan. Bisa tolong diantarkan ke kamar saya?

Résépsionis: Bisa Bapak. Bapak mau pesan apa?

Andi: Saya mau nasi goréng dua porsi dan jus jeruk dua.

Résépsionis: Baik Bapak, untuk pesanannya mohon ditunggu 15-20 menit.

Andi: Saya sekalian mau minta dua handuk baru juga ya.

Résépsionis: Baik Pak.

安迪：喂，我要點餐。可以請你們送到我房間嗎？

櫃台：可以的，請問先生要點什麼呢？

安迪：我要點兩份炒飯還有兩杯柳橙汁。

櫃台：好的，餐點的部分請稍等大約15-20分鐘喔！

安迪：順便請給我兩條新的毛巾。

櫃台：好的。

03 退房

05-11-03.MP3

study 1 常用短句

01. Saya mau perpanjang kamar. 我想要續住。

02. Jam check out kami adalah jam 12. 我們的退房時間是12點。

03. Boléhkan saya menitipkan **koper**① saya di sini? 我可以把行李寄放在這裡嗎？

04. Saya mau **naik**② bus ke bandara. 我要坐巴士去機場。

05. Bisa tolong panggilkan **taksi**③? 可以幫我叫計程車嗎？

06. Kartu kamar harus dikembalikan sewaktu check out. 退房時得歸還房卡。

07. Mohon pastikan semua barang bawaan tidak ada yang tertinggal. 請確認個人隨身物品沒有忘記帶走。

08. Apakah Anda ingin membayar dengan **uang tunai**④ atau **kartu kredit**⑤? 您要付現還是刷卡呢？

09. Bisakah Anda **menanda tangani**⑥ ini? 您可以在這裡簽個名嗎？

10. Bagaimana **kesan**⑦ Anda selama tinggal di hotel kami Pak? 您覺得這幾天住的如何呢？

單字

① koper 名 行李
② naik 動 搭
③ taksi 名 計程車
④ uang tunai 名 現金
　*通常可以直接用英文的 Cash 來說
⑤ kartu kredit 名 信用卡
⑥ menanda tangani 動 簽名
⑦ kesan 名 印象；感覺

文法

★ sewaktu：時。後接動詞表示「在…時」之意。

study2 情境會話

對話1 詢問退房時間

Andi: Halo? Check out paling lambat jam berapa ya?

Résépsionis: Jam check out kami jam 12 Pak.

Andi: Saya boléh minta perpanjang waktu gak? Sampai jam 2.

Résépsionis: Untuk keterlambatan check out akan dikenakan denda seratus ribu rupiah per jam nya Pak.

安迪：喂，請問你們最晚幾點退房？

櫃台：我們的退房時間是12點喔！

安迪：那我可以延長時間到兩點嗎？

櫃台：如果延遲退房的話，每個小時我們會酌收100萬盧比喔。

對話2 結帳

Andi: Saya mau check out.

Résépsionis: Boléh saya minta kartu kamarnya Pak?

Résépsionis: Total untuk dua malam adalah dua juta rupiah. Bapak mau bayar dengan uang tunai atau kartu krédit?

Andi: Kartu krédit.

Résépsionis: Mohon tanda tangan di sini Pak.

安迪：我要退房。

櫃台：可以給我您的房卡嗎？

櫃台：兩個晚上一共200萬盧比。請問先生要付現還是刷卡呢？

安迪：刷卡。

櫃台：請在這裡簽名。

對話3 叫計程車

Andi: Saya mau ke bandara, apakah ada bus hotél yang bisa mengantar?

Résépsionis: Ada Bapak. Tapi harus menunggu sekitar satu jam lagi. Apakah Bapak buru-buru?

Andi: Kalau begitu bisa tolong panggilkan taksi?

Résépsionis: Tentu saja bisa. Bapak mau ke terminal berapa?

Andi: Terminal dua.

安迪：我要去機場，有沒有飯店的巴士可以送我去？

櫃台：有的。但是須要等一個小時。請問先生趕時間嗎？

安迪：那麼，可以幫我叫計程車嗎？

櫃台：當然可以。請問先生要去第幾航廈呢？

安迪：第二航廈。

253

Unit 12 出門在外

01 問路

study 1 常用短句

01. Permisi, mau numpang tanya.
不好意思，請問一下⋯

02. Kalau mau ke Plaza Indonésia, jalannya gimana ya?
如果要去印尼百貨公司，要怎麼走呢？

03. Apakah ini **arah**① jalan yang benar **menuju**② ke Surabaya?
這條路是要通往泗水的方向嗎？

04. Anda salah arah.
您走錯方向了。

05. Bisakah Anda menunjukan kepada saya bagaimana cara untuk pergi ke stasiun keréta api?
您可以告訴我要去火車站的路要怎麼走嗎？

06. Apakah Universitas Indonésia jauh dari sini?
印尼大學離這裡遠嗎？

07. Tidak jauh, naik mobil kira-kira lima menit dari sini.
不遠，坐／開車大概五分鐘。

08. Jalan terus sampai **lampu mérah**③ kedua belok kiri.
直走到第二個紅綠燈左轉。

09. Silahkan bélok kanan pada **perempatan**④ di depan.
在前面的十字路口請右轉。

單字

① arah 名 方向
② menuju 動 往
③ lampu merah 名 紅綠燈
④ perempatan 名 十字路口

文法

★ permisi：不好意思，打擾了。
*通常如果要叫不認識的人可以先說 Permisi，再說話。Permisi 與英文的 Excuse me 的意思類似。

study2 情境會話

對話1 問路成功

Andi: Permisi, Universitas Indonésia di mana ya?

Doni: Jalan terus sampai lampu mérah ketiga bélok ke kanan, lalu ada pertigaan belok ke kiri.

Andi: Terima kasih.

Doni: Sama-sama.

安迪：不好意思，印尼大學怎麼走？

多尼：直走到第三個紅綠燈右轉，然後有個丁字路口在那左轉即可。

安迪：謝謝。

多尼：不客氣。

對話2 弄錯方向

Andi: Permisi, numpang tanya. Saya mau ke Surabaya, arahnya ke sana benar tidak?

Doni: Wah, Anda salah arah. Surabaya seharusnya jalan ke arah sebaliknya.

Andi: Masih jauh tidak dari sini?

Doni: Lumayan jauh. Naik mobil sekitar 7 jam.

Andi: Baiklah. Terima kasih.

Doni: Sama-sama. Hati-hati di jalan.

安迪：不好意思，請問一下，我要去泗水，是要走那個方向對嗎？

多尼：哇，你走錯方向了。去泗水應該要走另外一個方向。

安迪：離這裡還很遠嗎？

多尼：還蠻遠的，坐車大概要7個小時。

安迪：好吧，謝謝你！

多尼：不客氣！路上小心。

對話3 詢問交通方式

Andi: Aku ingin pergi ke Danau Toba, aku harus naik apa agar lebih murah dan cepat?

Togar: Naik bus murah, tapi sangat lambat.

Andi: Kalau begitu, apa aku naik taksi saja?

Togar: Jangan, naik taksi sangat mahal. Menurutku, lebih baik kamu séwa mobil. Lebih cepat dan juga tidak terlalu mahal.

安迪：我想去多巴湖，我該怎麼去才比較便宜又快呢？

托加：搭巴士較便宜，但是很慢。

安迪：那，還是我坐計程車好了？

托加：不要，坐計程車很貴。我覺得你租車比較好。較快又不會太貴。

02 搭公車

study 1 常用短句

01. Saya harus naik **bus**① nomor berapa?　　我該搭幾號公車？

02. Saya harus **turun**② di **stasiun**③ mana?　　我該在哪一站下車呢？

03. Perhentian terakhirnya di mana?　　終點站在哪？

04. Saya **kelewatan**④.　　我坐過站了。

05. Saya tidak suka naik bus di **jakarta**⑤,　　因為雅加達常常塞車，所以
　　karena Jakarta **sering**⑥ **macet**⑦.　　我不喜歡在雅加達搭公車。

06. Apakah stasiun bus jauh dari sini?　　公車站離這裡遠嗎？

07. Apakah saya harus **ganti**⑧ bus?　　我需要換車嗎？

08. Di mana saya bisa beli **tiket**⑨ bus?　　我可以在哪裡買巴士的票？

09. Apakah di dalam bus diperboléhkan　　在公車上可以吃東西嗎？
　　untuk makan?

10. Kita sudah **terjebak**⑩ macet selama tiga　　我們塞車了塞3個小時了。
　　jam.

單字

① bus 名 巴士、公車
② turun 動 下（車）、下來
③ stasiun 名 站
④ kelewatan 動 過晚、（搭車）坐過站
⑤ Jakarta 名 雅加達
⑥ sering 副 時常、常常
⑦ macet 形 塞車
⑧ ganti 動 換
⑨ tiket 名 票
⑩ terjebak 動 陷入

文法

★ pak：是「bapak（爸爸、先生）」
　的簡稱。
　*稱呼比我們老一輩、或地位比我們高的
　男性。
　例：老闆（雖然老闆可能比我們年輕，我們還
　　　是要叫老闆 Bapak 表示尊重）
　　　客人（雖然客人可能比我們年輕，我們還
　　　是要叫客人 Bapak 表示尊重）

★ dek：adek（弟弟、妹妹）的簡稱。
　*稱呼年齡小的晚輩，男女性亦同。

study 2 情境會話

對話1 搭乘公車

Andi: Kalau mau pergi ke Plaza Indonésia, harus naik bus nomor berapa ya?

Tina: Nomor 12 bisa, G71 juga bisa.

Andi: Lebih cepat yang mana?

Tina: Sama saja. Kalau gak macet, dua-duanya sama cepat. Tapi kalau macet, dua-duanya lama.

Andi: Iya juga sih.

安迪：要去印尼百貨公司的話，要坐幾號的公車呢？

蒂娜：可以搭12號，G17的也可以。

安迪：搭哪一種車比較快呢？

蒂娜：一樣。如果沒有塞車，兩個都快。如果塞車的話，兩個都很慢。

安迪：也對啦。

對話2 坐三輪車

Andi: Pak, sampai Jalan Mawar berapa?

Becak: Lima belas ribu, dék.

Andi: Kok mahal? Sepuluh ribu ya.

Becak: Gak bisa. Tiga belas ribu déh.

Andi: Yasudah ayo Pak.

安迪：大哥，請問到玫瑰街多少錢？

三輪車伕：一萬五盧比。

安迪：怎麼那麼貴？一萬可以嗎？

三輪車伕：不行。一萬三吧。

安迪：好，走吧。

對話3 叫車

Andi: Pak, saya mau ke Plaza Indonésia.

Supir taksi: Bapak mau léwat jalan tol atau jalan biasa?

Andi: Lebih cepat mana Pak?

Supir taksi: Kalau jam segini seharusnya lebih cepat jalan tol. Tapi harus bayar uang tol lagi.

Andi: Berapa pak harga uang tolnya?

Supir taksi: Sekitar dua puluh ribu rupiah.

Andi: Yasudah tidak apa-apa Pak. Kita léwat jalan tol saja.

安迪：先生，我要到印尼百貨公司。

計程車司機：先生要走高速公路還是普通的路？

安迪：哪一個比較快呢？

計程車司機：這個時間應該走高速公路會比較快。可是要另外收過路費。

安迪：過路費是多少呢？

計程車司機：大概兩萬盧比。

安迪：好，沒關係。我們走高速公路好了。

03 坐火車

05-12-03.MP3

study 1 常用短句

01. Berapa harga tiket **keréta api**① dari Jakarta sampai Bogor? 　　請問從雅加達到茂物的火車票要多少錢？

02. Tikét **pergi**② saja atau tikét **pulang**③ **pergi**④? 　　只有去的票還是來回票？

03. Mau tikét kelas bisnis atau ékonomi? 　　要商務艙還是經濟艙呢？

04. Keréta api di Indonésia sangat **nyaman**⑤. 　　印尼的火車很舒服。

05. Jam berapa **berangkat**⑥? 　　幾點出發？

06. Jam berapa **sampai**⑦? 　　幾點到？

07. Berapa jam **perjalanan**⑧ dari Jakarta sampai Bandung? 　　從雅加達到萬隆要幾個小時的旅程？

08. Di mana saya bisa ambil tikét kereta api? 　　我可以在哪裡取火車票呢？

09. Dilarang membawa **binatang peliharaan**⑨ ke dalam keréta api. 　　禁止帶寵物上火車。

10. Saya ingin ganti tikét. 　　我想要換票。

單字

① keréta api 名 火車
② pergi 動 去
③ pulang 動 回、回來、回去
④ pulang pergi 動 來回
⑤ nyaman 形 舒服
⑥ berangkat 動 出發
⑦ sampai 動 到、抵達
⑧ perjalanan 名 旅程
⑨ binatang peliharaan 名 寵物

文法

★ berapa：幾個、多少？等於英文的 How much、How many？
★ jam：小時、…點
　berapa 前接 jam＝幾點？
　例：
　（jam berapa？幾點？）
★ berapa 後接 jam：幾個小時？
　例：
　（berapa jam？幾個小時？）
★ mbak：稱呼別人「小姐」的意思。

study2 情境會話

對話1 買車票

Andi: Saya mau beli tikét ke Jakarta.　安迪：我要買前往雅加達的票。

Budi: Untuk tanggal berapa?　布迪：你要幾號的呢？

Andi: Untuk hari ini.　安迪：今天的。

Budi: Untuk hari ini sisa yang jam 9 malam.　布迪：今天的只剩9點晚上的喔。

Andi: Jam berapa sampai di Jakarta?　安迪：幾點到雅加達？

Budi: Jam 11 malam.　布迪：11點晚上。

Andi: Baik. Berapa harga tikétnya?　安迪：好。票價是多少？

Budi: Seratus dua puluh ribu rupiah.　布迪：12萬盧比。

對話2 詢問到達時間

Tina: Keréta api dari Jakarta jam berapa sampai?　蒂娜：從雅加達來的火車幾點會到？

Budi: Dari Jakarta berangkat jam berapa, Mbak?　布迪：您問的是從雅加達幾點出發的班次？

Tina: Sepertinya jam 9 malam.　蒂娜：好像是9點晚上的。

Budi: Keréta yang berangkat jam 9 tadi akan sampai kira-kira sepuluh menit lagi.　布迪：剛剛9點晚上出發的火車大概再10分鐘左右會到。

對話3 火車上聊天

Andi: Tina, kamu mau duduk di samping jendéla gak?　安迪：蒂娜，妳要不要坐靠窗？

Tina: Kenapa?　蒂娜：為什麼？

Andi: Pemandangannya di luar bagus lo.　安迪：外面風景很美哦！

Tina: Boléh.　蒂娜：好啊！

Andi: Yasudah, yuk kita tukaran tempat.　安迪：好啊，那我們換位子。

259

04 搭乘飛機

05-12-04.MP3

study 1 常用短句

01. **Penerbangan internasional**① harus check in minimal 2 jam sebelum keberangkatan.
國外航線需要至在少兩個小時前報到。

02. Saya belum memesan tikét pulang.
我還沒訂回程的票。

03. Silahkan masuk ke **ruang tunggu**② nomor 3.
請至第三登機門。

04. Saat pemeriksaan keamanan, mohon melepas ikat pinggang dan jakét.
安檢時，請把皮帶與外套脫掉。

05. Para penumpang yang terhormat, sesaat lagi kita akan **mendarat**③ di Bandar Udara Internasional Jakarta Soekarno-Hatta.
親愛的顧客，我們即將抵達雅加達蘇卡諾－哈達機場。

06. Perbedaan waktu antara Taiwan dan Jakarta adalah 1 jam.
台灣與雅加達的時差是一個小時。

07. Kami memohon kepada Anda untuk kembali ke tempat duduk Anda masing-masing, menegakkan sandaran kursi, menutup dan mengunci meja yang masih terbuka di hadapan Anda, dan mengencangkan sabuk pengaman.
請回到您的座位，豎直椅背，收起前方桌子，並且繫好您的安全帶。

08. Kami memohon kepada Anda untuk tetap duduk sampai pesawat ini benar-benar berhenti dengan sempurna pada tempatnya dan lampu tanda kenakan **sabuk pengaman**④ dipadamkan.
請留在您的位子上等待飛機停妥直到安全帶燈號熄滅為止。

單字

① penerbangan internasional 名
國外航線
② ruang tunggu 名 登機門
③ mendarat 動 降落
④ sabuk pengaman 名 安全帶

文法

★ per- 字根 + -an：把 ber- 的動詞變成名詞化。
例：
berbeda（不同）→ perbedaan（差異）
berubah（改變）→ perubahan（變化）

對話1 過安檢

Budi: Mohon lepaskan tali pinggang dan jakét.	布迪：請把皮帶與外套脫掉。
Andi: Baik.	安迪：好。
Budi: Bapak, tolong dihabiskan air minumnya, karena dilarang membawa cairan dari luar.	布迪：先生，請把你的水喝完，因為禁止從外面帶水進入。
Andi: Baik, akan saya habiskan dulu.	安迪：好的，我先把它喝完。

對話2 托運行李

Desi: Ibu, bagasi ibu sudah kelebihan dua kilogram.	德西：小姐，妳的行李超重兩公斤了。
Tina: Berapa biaya untuk kelebihan bagasi?	蒂娜：超重的話要付多少錢？
Desi: Biaya kelebihan bagasi adalah dua ratus ribu rupiah per kilo.	德西：超重要付1公斤20萬盧比。
Tina: Kalau begitu, saya akan keluarkan barang saya.	蒂娜：那麼，我把我的東西拿出來。

對話3 客機服務

Tina: Permisi, boléh saya minta air putih?	蒂娜：不好意思，能給我一杯水嗎？
Desi: Baik.	德西：好的。
Tina: Terus, boléh saya pinjam selimut?	蒂娜：還有，我可以要一條毯子嗎？
Desi: Baik Ibu. Mohon ditunggu sebentar.	德西：好的，請稍候一下。

13 郵政快遞

05-13-01.MP3

01 郵局、快遞業務

study 1 常用短句

01. Saya mau beli **perangko**①. 　我要買郵票。

02. Apakah di sini menjual **kartu pos**②? 　這裡有賣明信片嗎？

03. Berapa perangko yang harus saya beli 　要寄明信片到台灣的話，我需
    untuk mengirimkan kartu pos ke Taiwan? 　要買多少錢的郵票？

04. Apakah di sini menjual **amplop**③? 　這裡有賣信封嗎？

05. Saya mau mengirim **pakét**④. 　我要寄包裹。

06. Berapa biaya kirim pakét ke Jakarta? 　寄包裹到雅加達要多少錢？

07. Pakét Anda sudah sampai. 　您的包裹到了。

08. Dimana saya bisa ambil pakét saya? 　我可以在哪裡領取我的包裹呢？

09. Bébas **ongkos kirim**⑤ untuk seluruh 　全印尼都免運費。
    Indonésia.

10. Apakah Anda mau mengirimkan pakét 　你的包裹要寄海運還是空運呢？
    via **laut**⑥ atau **udara**⑦?

單字

① perangko 名 郵票
② kartu pos 名 明信片
③ amplop 名 信封
④ pakét 名 包裹
⑤ ongkos kirim 名 運費
　*通常可以直接簡稱 ongkir
⑥ laut 名 海；（郵政）海運
⑦ udara 名 天空；（郵政）空運

文法

★ via：指採用的方式，表示「用（通過、經由、透過）…的方式」之意。

★ atau：接於複數名詞之間，表示前後擇一，即「或」的意思。

study2 情境會話

對話1 寄信

Andi: Saya mau mengirimkan surat ini ke Médan. Berapa harga perangko yang harus saya beli?

安迪：我要寄這封信到棉蘭，請問需要買多少錢的郵票？

Budi: Sampai ke Médan, lima ribu rupiah.

布迪：到棉蘭要五千盧比。

Andi: Berapa hari surat ini akan sampai ke Médan?

安迪：幾天後能到棉蘭呢？

Budi: Biasanya sekitar dua hari.

布迪：通常大概要兩天。

對話2 寄包裹

Andi: Saya mau kirim pakét.

安迪：我要寄包裹。

Budi: Sesama Indonésia atau ke luar negeri?

布迪：請問要寄國內還是國外呢？

Andi: Saya mau mengirimkan ini ke Taiwan.

安迪：我要寄到台灣。

Budi: Bapak mau kirim via laut atau udara?

布迪：請問您要寄海運還是空運？

Andi: Via laut. Berapa ongkos kirimnya?

安迪：海運，請問運費是多少呢？

Budi: Kalau via laut ongkos kirimnya seratus ribu rupiah per kilogram.

布迪：海運的話，運費一公斤10萬盧比。

對話3 取包裹

Andi: Saya mau ambil pakét saya.

安迪：我要拿我的包裹。

Budi: Atas nama siapa, Pak?

布迪：請問您貴姓大名？

Andi: Atas nama Andi.

安迪：安迪。

Budi: Maaf Bapak. Pakét Bapak belum sampai.

布迪：先生不好意思，您的包裹還沒到。

Andi: Kapan pakétnya akan sampai?

安迪：什麼時候會到呢？

Budi: Kemungkinan bésok atau lusa Pak.

布迪：可能是明天或後天吧！

Andi: Baiklah, kalau begitu saya akan ke sini lagi lusa.

安迪：好吧，那麼我後天再來。

台灣廣廈 國際出版集團
Taiwan Mansion International Group

國家圖書館出版品預行編目（CIP）資料

自學印尼語 看完這本就能說！/張倩倩（Ingrid Dominica）著. --
初版. -- 新北市：語研學院出版社，2022.09
　面；　公分
ISBN 978-626-95466-9-5（平裝）

1.CST：印尼語 2.CST：讀本

803.9118　　　　　　　　　　　　　111011523

自學印尼語 看完這本就能說

作　　　者／張倩倩 （Ingrid Dominica）	編輯中心編輯長／伍峻宏・編輯／王文強 封面設計／張家綺・內頁排版／東豪印刷事業有限公司
審　　　訂／王耀仟 （Bob Justin Wangsajaya）	製版・印刷・裝訂／東豪・紘億・弼聖・明和

行企研發中心總監／陳冠蒨　　　線上學習中心總監／陳冠蒨
媒體公關組／陳柔彣　　　　　　數位營運組／顏佑婷
綜合業務組／何欣穎　　　　　　企製開發組／江季珊、張哲剛

發　行　人／江媛珍
法 律 顧 問／第一國際法律事務所 余淑杏律師・北辰著作權事務所 蕭雄淋律師
出　　　版／語研學院
發　　　行／台灣廣廈有聲圖書有限公司
　　　　　　地址：新北市235中和區中山路二段359巷7號2樓
　　　　　　電話：（886）2-2225-5777・傳真：（886）2-2225-8052
讀者服務信箱／cs@booknews.com.tw

代理印務・全球總經銷／知遠文化事業有限公司
　　　　　　地址：新北市222深坑區北深路三段155巷25號5樓
　　　　　　電話：（886）2-2664-8800・傳真：（886）2-2664-8801
郵 政 劃 撥／劃撥帳號：18836722
　　　　　　劃撥戶名：知遠文化事業有限公司（※單次購書金額未達1000元，請另付70元郵資。）

■出版日期：2022年09月　　　ISBN：978-626-95466-9-5
　　　　　　2024年04月2刷　　　版權所有，未經同意不得重製、轉載、翻印。